LES FAIBLES ET LES FORTS

Longtemps journaliste à *Libération*, aujourd'hui collaboratrice du magazine du *Monde* et de *XXI*, Judith Perrignon est l'auteur de plusieurs ouvrages, parmi lesquels *C'était mon frère* (L'Iconoclaste, 2006), *L'Intranquille*, avec Gérard Garouste (L'Iconoclaste, 2009), *Les Chagrins* (Stock, 2010) et *N'oubliez pas que je joue*, avec Sonia Rykiel.

Paru dans Le Livre de Poche :

LES CHAGRINS

L'INTRANQUILLE (avec Gérard Garouste)

JUDITH PERRIGNON

Les faibles et les forts

ROMAN

STOCK

ISBN : 978-2-253-17997-9 – 1re publication LGF

Is a dream a lie if it don't come true
or is it something worse ?

Bruce SPRINGSTEEN, *The River*

Au nord de la Louisiane

2 août 2010

Mary Lee

À ton âge, Marcus, je voyais les dames serrer leur sac à main contre elles quand mon père montait dans le tramway de Saint Louis. Alors si ça ne tenait qu'à moi, tu resterais là, la porte fermée à double tour, on te laisserait comme un chien en laisse, avec un peu d'eau et on irait sans toi au bord de la rivière. Tu as vu comme la police a poussé la porte sans même se donner la peine de frapper, comme elle nous a enjambés, tes frères et sœurs et moi, serrés que nous sommes entre le ventilateur et la télé, comme elle a fouillé ta chambre, les autres pièces, et toi, Marcus, comme ils t'ont traité ? Tu as vu leur geste en partant, leurs doigts pointés sur toi ? Ils n'ont rien trouvé mais ils t'ont à l'œil, ils te veulent, ils t'auront. Alors j'ai serré. Oh, boy ! C'est à peine si je me suis vue faire, mon sang n'a fait qu'un tour quand ils sont partis, il y avait la nouvelle corde à linge posée sur la commode, ton corps avachi sur la chaise, tes bras ballants, ton air de dire, Cause toujours, ta mère au bord des larmes, le désordre dans la maison, la route par la fenêtre, la certitude qu'un jour prochain une voiture de police freinera à nouveau devant chez nous, alors j'ai attrapé la corde, je l'ai déroulée, réenroulée dans ton dos, autour de tes poignets, j'ai serré fort, très fort, jusqu'à empêcher ton sang de circuler, la vie de continuer, parce que tu leur donnes raison à ces vieilles peaux qui accusaient mon père.

Je sais ce qui t'attend, Marcus. Je suis vieille, je connais leurs suppositions, leurs certitudes nous concernant, je sais le cercle vicieux où tombent trop souvent nos garçons, j'ai tout vu, trop vu, j'ai le temps derrière moi, je sais sa pente, la fierté qui s'en va, vous a quittés et vous laisse glisser. La prochaine fois, c'est la prison. Tu vois bien comment c'est dans ce pays, comment fait la police, et puis les juges ensuite. Tu l'attends on dirait. Tu t'habilles déjà comme si tu étais là-bas. Avec ton pantalon qui laisse voir ton cul, tu plaides coupable. Tu sais ce que ça veut dire, là-bas, en prison, ce pantalon qui tombe ? Bien sûr que tu le sais. Mon cul est à prendre, c'est ça que ça veut dire. Tu veux que quelqu'un s'occupe de ton cul en prison, Marcus ? Oh, boy ! J'ai honte. Envie de te battre. Tu ne comprends pas que tu ressembles à ce qu'ils pensent de toi, à ce qu'ils attendent de toi, que tu fais du mal aux tiens, à ceux qui sont là comme à ceux qui sont morts ! Ceux qui sont morts, ils sont avec nous, plus que chez les autres gens, ils nous surveillent, ils vérifient qu'on fait bien les choses, qu'on bousille pas tout ce qu'ils ont obtenu pour nous. Tu dois y croire, Marcus, à nos morts comme au Seigneur, croire c'est le maître mot, le seul qu'on ait. Ils diraient quoi mon père et ma mère s'ils voyaient ce qui se passe, vous tous qui vous déboutonnez, qui tournez en rond, qui cherchez les ennuis, qui admirez les taulards ou les champions pleins aux as qui ne pensent qu'à leur argent, leur bagnole et la putain à leur bras. Ils diraient quoi ? Nos fils sont-ils devenus les ennemis de notre communauté ?

Tu as fait de moi un flic, Marcus. Je t'ai ligoté et tu m'as laissée faire. Il te suffisait d'un coup pour te libérer mais je serais tombée et toi tu te serais effondré dans nos têtes et nos cœurs, dans les yeux de tes frères et sœurs qui ont tout observé. Tu le sais ça, je l'ai vu dans ton regard. Tu as hurlé, plus fort que la télé, ce qui n'est pas peu dire, mais tu t'es laissé ligoter. Je suis ta grand-mère, tu n'as rien tenté contre mes vieux os. C'est qu'il te reste un peu d'estime pour toi-même. Alors, si ça ne tenait qu'à moi, Marcus, tu resterais là, la porte fermée à double tour, on te laisserait comme un chien en laisse, et on irait sans toi au bord de la rivière. Même que je resterais là aussi, je monterais la garde, je m'en fiche de la rivière, il fait aussi chaud là-bas qu'ici, j'entre pas dans l'eau, pas même jusqu'aux genoux. Laisse-moi être ton gardien, Marcus, écoute-moi, ne fais rien qui leur permette de t'envoyer en prison, rien qui convainque un peu plus ta mère que c'est l'armée qu'il te faut. Tu l'entends qui marmonne que c'est là-bas que tu dois aller ? Il ne s'était pas écoulé dix minutes après le départ des flics qu'elle te voyait en soldat, mais il ne faut pas que tu y ailles, il y a trop de guerres qui se préparent, des guerres pour rien, qui ne feront pas de toi un homme mais l'ombre d'un homme. Regarde ton cousin Carlos, avec sa médaille autour du cou, ce n'est même pas une médaille de soldat, c'est celle des Alcooliques anonymes, il l'a reçue pour ses un an d'abstinence, il ne pouvait plus s'arrêter de boire quand il est rentré d'Afghanistan, il avait besoin de perdre la tête, de tituber, plutôt que de regarder le vide en face de lui et la mort derrière. Laisse-moi être ton gardien, aucun autre ne t'aimera comme je t'aime, Marcus. Aucun autre ne t'en veut autant que moi, non plus.

— Raconte l'histoire de Shine, Mamy Lee !

— Non, Deborah. Et arrête de bouger.

— Si, Mamy Lee ! Raconte Shine !

— J'ai dit non, Jonah ! Tu ne vas pas t'y mettre toi aussi !

Tes frères et sœurs ont envie de rire, Marcus. Ils ont eu peur tout à l'heure quand la police est venue, Jonah s'est agrippé à ma blouse, Deborah s'est cachée entre mes jambes comme si elle voulait rentrer dans mon ventre. Ils voudraient bien l'histoire de Shine maintenant, elle a été inventée pour ça, pour rire quand on a envie de pleurer.

Elle vient de loin. Comme vous, je la réclamais à mon grand-père quand ses silences étaient trop longs, il criait, *Sauve-moi, sauve-moi, Shine*, et il riait tant qu'il n'articulait plus, alors Howard et moi on finissait, on la connaissait par cœur cette histoire, c'était comme une chanson et je vous l'ai chantée, bien des fois. Mais je sais maintenant qu'il ne rigolait pas vraiment, mon grand-père, je sais comment c'est dans le corps d'un vieux, le sien, le mien aujourd'hui, c'est un paysage de fin d'automne, il ne rigolait pas, il expulsait pour éviter que certaines choses descendent trop loin au fond de lui et le fassent tomber.

Je parle toute seule. Tu ne m'entends pas, Marcus, aucun de vous ne m'entend. J'ai repris les tresses de Deborah là où je les avais laissées quand la police est entrée, j'ai repris mon ouvrage, ses cheveux humides dans mes mains, j'ai divisé les mèches, je les ai calées entre mes doigts, je croise, je tricote, de haut en bas, tu les veux fines, longues avec des rajouts, Deborah, j'aurais bien laissé le bout des tresses onduler en les trempant dans l'eau chaude, mais tu veux des perles, des blanches, tu veux faire du bruit, qu'on te remarque, je te comprends, nos cheveux sont nos alliés, nos messagers, j'ai moi aussi posé ma tête contre les genoux de ma mère et de mes tantes, j'ai laissé leurs doigts tresser le samedi pour être belle à la messe du lendemain, je les entends encore me dire, Le haut de ton crâne est le siège de ton âme, mais c'était quoi mon âme ? Je ne savais pas. Aujourd'hui, c'est comme une lumière trop vive dans ma tête, mon âme, une torche, je voudrais l'éteindre parfois, elle m'épuise. Arrive un moment dans la vie où l'on a traversé tant d'épreuves que l'on y voit trop clair. J'en suis là. J'ai serré fort. Dana s'esquinte les ongles à défaire le nœud autour de tes poignets, Marcus, elle est accroupie derrière la chaise, ses hanches débordent de son jean, ses gestes aussi débordent, ils débordent d'enfants comme ses hanches, elle marmonne qu'on a besoin de toi pour le barbecue, que tu viens à la rivière, c'est vrai que ça manque d'hommes chez nous. J'ai serré fort. C'est comme un vieux nœud déjà, oh, boy ! ce vieux nœud autour de nous, en nous, dans notre gorge, notre ventre, ce vieux nœud indémêlable qui nous retient et nous condamne à d'autres nœuds. J'ai ligoté mon petit-fils et je me suis rassise, Deborah entre mes jambes.

Cause toujours, Mamy Lee, qu'ils pensent. Mon nom c'est Mary Lee, j'ai soixante-quatorze ans, le déambulateur me guette, ma tête est grise, mes nattes sont courtes et rêches, je suis quelque part entre les morts et les vivants, au purgatoire déjà, je ne pensais pas que c'était comme ça. Peut-être que ce pays est un vaste purgatoire.

Je les sens encore dans mon dos ces heures passées contre les jambes de ma mère et de mes tantes qui me coiffaient, je ne faisais pas attention aux bleus et aux veines qui gonflaient sous leurs robes tant elles travaillaient dur, mais ces jambes contre ma colonne me faisaient me tenir droite. C'est tout ce que je vous demande, mes enfants, tenez-vous droits. Tiens-toi droit, Marcus, ne donne pas à ceux qui nous méprisent depuis la nuit des temps de quoi justifier encore cette vieille haine contre nous. J'ai serré fort. Oh, boy, si ça ne tenait qu'à moi, Marcus, tu resterais là, la porte fermée à double tour.

Dana

Quand la police a débarqué, j'étais en train de repasser sur le bord du lit, une robe que je n'avais pas sortie depuis longtemps, longtemps, ça veut dire plus d'un an, une robe pour un rendez-vous. Vickie a couru vers moi, j'ai débranché le fer pour éviter qu'elle se brûle, j'ai ouvert les bras, je l'ai soulevée et je me suis approchée du salon. Il y avait deux flics qui piétinaient tout et hurlaient toujours la même question, Tu l'as mise où, connard ? Ils cherchaient de quoi nous compromettre, un peu d'herbe aurait suffi. Par chance, on est à court. Marcus avait les mains contre le mur, il était torse nu tant il fait chaud, ils lui ont fait baisser son pantalon. J'ai vu un corps d'homme sous les mains des flics, plus celui de mon fils. J'ai vu passer dans les yeux de Jonah l'envie d'être à côté de lui, d'avoir ses mains à côté des siennes, et j'ai vu fondre une à une les photos sur le mur, disparaître les sourires, l'enfance et les diplômes de mes fils à l'intérieur, Marcus, Jonah, Wes, immatriculés coupables, coupables de je ne sais quoi, de rien, d'un petit rien ou de choses graves. Les flics ont des pensées automatiques et ils nous ont contaminés. Dès que les poils et les muscles poussent chez nos garçons, on se met à avoir peur, peur d'eux, pas des autres. Ils le sentent. Mais ce n'est pas à nous de ligoter nos enfants. Qu'as-tu fait, Mary Lee, combien de tours, combien de nœuds ? Mon vernis est bousillé.

Tu ferais mieux de raconter l'histoire de Shine, Mary Lee. Raconte, puisque Deborah te le demande, les grand-mères sont là pour raconter des histoires quand les mères fatiguées n'en trouvent plus. Et je suis fatiguée. Je crie. Je m'entends crier. Ce que je dis c'est ce que tout le monde dit dans ces moments-là, des menaces sans suite, des mots qui sortent tout seuls, qui nous échappent, nous éloignent, des mots inventés il y a longtemps par d'autres, qui ne connaissaient même pas Marcus, ni moi. Nous n'avons plus de mots à nous. Nous en avions lorsqu'il était petit, des mots doux, drôles, des petits noms et des chansons, je crois que c'est pour Marcus que j'ai le plus chanté. Peut-être parce que j'aimais son père. Celui-là, je l'aimais. Tu disais Mary Lee qu'il ne m'aimait pas, tu soupirais dans le téléphone, Il n'a rien à t'offrir de bon, tu étais à Detroit et moi à Chicago mais tu semblais tout savoir de ce qui allait m'arriver et tu n'as même pas cherché à cacher ta victoire lorsqu'il est parti. Marcus avait à peine un an. Il est parti sans prévenir, parti pour rien ni personne, pas sûr de pouvoir se tenir debout devant son fils et moi, pas sûr de pouvoir gagner de l'argent et le garder pour nous, il est parti avant que je ne l'aime plus, parce que trente ans de vie et trois cents ans de saloperies derrière nous l'empêchaient de croire aux six prochains mois. Tu dis que tout ça c'est des mauvaises excuses. Mais il m'aimait, ses gestes le disaient. C'est lui que j'ai vu quand ils ont déshabillé Marcus.

Marcus

Ta gueule, Maman. Les flics ont rien trouvé. Ils ont retourné ta baraque mais à moi ils m'ont fouillé jusqu'au trou du cul, ils ont dit, Tousse, connard, et ils ont rien trouvé. Alors pourquoi tu hurles ? Et pourquoi Mamy Lee m'attache avec sa corde à linge ? Vous êtes avec les flics ou vos nerfs de bonnes femmes sont malades ? Ils ont dit, Tousse, connard, et moi ensuite j'ai pu remonter mon froc qu'il avait fallu baisser devant vous. T'as pas bougé, t'as rien dit, Mamy Lee non plus, elle qui nous raconte toujours comme ils se battaient avant, comme ils étaient courageux, tellement plus que nous ! Elle a rien dit. Elle aurait pu se lever, articuler quelque chose, C'est une erreur, forcément c'est une erreur, mais elle a pas bougé, ni toi. Tout ça vous paraissait normal, c'était comme si vous vous y attendiez, comme si moi ou un autre c'était pareil. Mais vous savez rien de moi, rien du tout, alors vous croyez au rapport du premier flic venu. Mardi vers 17 heures on t'a aperçu avec Trayvor devant le Dollar General. Il t'a laissé sa came !

J'y étais sur le parking du Dollar General, on était trois, Trayvor a débarqué dans sa bagnole, il nous a dit de monter. Trayvor, il se prend pour le boss sous prétexte qu'il a fait de la prison. Il ne s'était pas présenté au contrôle judiciaire, les flics le cherchaient, il a sorti deux sachets de neige, il a dit, Les gars, je vous laisse ça et je compte bien les retrouver dans une dizaine de jours. Il voulait pas se faire prendre avec sa came. J'ai ouvert la portière pour faire comprendre que j'en étais pas. Il a dit, T'es avec nous maintenant que t'es là. J'ai dit non. Je suis sorti de la bagnole. Je suis pas avec eux. Je suis pas un suiveur, je vais pas par là. Il a baissé sa vitre et il a lancé, Ça pourrait peut-être intéresser tes frangins. J'en ai pas parlé à Wes, il m'écoute pas. Mais à Jonah, oui, j'ai dit, Trayvor c'est comme les flaques d'eau, tu l'évites. Je sais pas pourquoi je lui ai parlé des flaques d'eau, y a que les mères pour les interdire, tu m'interdisais toujours de sauter dedans à Chicago. Je lui ai parlé comme une mère alors. Je l'aime bien, Jonah. Je lui réponds pas toujours, il parle trop, même quand il dort, il parle. Je me vois avant. J'étais naïf encore. Mais je portais le T-shirt des Bears, pas celui des Tigers.

Quand tu as décidé de quitter Chicago, Maman, tu m'as pas demandé mon avis ni ce que je laissais derrière moi, tu m'as pas dit ce qui nous attendait, ni pourquoi Mamy Lee criait dans le téléphone que tu faisais une connerie, t'as dit que plus rien nous retenait, que j'allais finir dans les gangs parce qu'à l'école je plumais les gars avec deux dés et un jeu de cartes. Tu m'as jamais fait confiance. Mamy Lee non plus. Je croyais qu'elle était plus forte, plus courageuse avec ses bosses toutes dures sur les mains, Des cals, mon garçon, c'est à cause du potager, elle dit. Elle ferait mieux d'y rester, dans son potager. Elle comprend rien à ce qui se passe. On se bat entre nous maintenant. Ils m'ont balancé de peur que je les balance. Les flics me croiront jamais. Je vais partir, retourner à Chicago, j'ai une adresse là-haut, je sais qu'on m'ouvrira.

Deborah

Alors Mamy Lee s'est rassise sur le canapé dans mon dos. Elle tremblait de colère, elle a repris mes tresses. Elle les serre trop fort. Comme la corde à linge autour des poignets de Marcus. Et moi je dis rien. Je fixe ses orteils tordus des deux côtés, avec l'ongle tout chiffonné au-dessus. Elle m'a expliqué un jour que c'est parce que quand elle était enfant, elle portait des chaussures trop petites, qu'on en changeait pas souvent en ce temps-là, qu'on n'avait pas le choix. C'est pas joli. Elle peut même pas mettre de vernis. Je vais avoir la tête en feu, Mamy Lee, ça fait mal !

— Arrête de te plaindre. Tu seras bien contente, après tu feras la belle !

Si je te disais, Mamy Lee. C'est arrivé un dimanche et quand il a dégrafé mon soutien-gorge, j'ai eu peur, j'ai tout de suite pensé à l'histoire de Shine, à cause de la fille blanche qui agite sa culotte et son soutien-gorge sur le bateau, j'ai pensé à cette fille, je voulais son corps à elle parce que je l'ai toujours imaginé très beau, je voulais son corps à elle pour ne pas penser à moi, à mon sein droit, il est plus petit que l'autre et bizarre au bout, le téton recule au lieu d'avancer. Il a peur ton nichon, dit Beth. Peur de quoi ? Des garçons, elle répond pour se moquer de moi. Je le pince tous les jours en comptant jusqu'à cent le matin devant la glace de la salle de bains même si la porte ferme mal ou alors le soir dans mon lit sous les draps. Il est mieux ensuite, pas comme sur les revues que Wes rapporte de chez Carlos, comme ceux des filles de mon âge. Mais très vite il ramollit, retourne à l'intérieur, c'est pas beau, ça laisse un creux, comme un nombril au bout du sein, j'ai eu peur qu'il le voie. Quand il m'a embrassée, j'ai retenu sa bouche longtemps pour qu'il regarde pas ma poitrine. Mais il avait l'air pressé, on était chez lui, la maison était vide et quelqu'un pouvait revenir d'un moment à l'autre. Alors je l'ai laissé faire, j'ai fixé le poster sur le mur à côté du lit, Lil Wayne torse nu, entièrement tatoué, depuis le cou jusqu'au slip Ralph Lauren, partout des chiffres, des flammes, des croix, des mots que je déchiffrais de loin comme à l'examen médical des yeux, comme si je n'étais pas là. *Cash money, Rolls Royce, Je suis la musique, La vie est un jeu*, disait le corps de Wayne sur le poster pendant que celui de Jason glissait sur le mien et me déshabillait. Je rêvais d'être la fille blanche sur le bateau, parce qu'elle n'a pas peur d'être toute nue devant Shine. Et puis j'ai voulu être Beth, si belle dans son deux-pièces jaune quand on allait au bord du lac Michigan. *La vie est un jeu*, disait le corps du rappeur, mais c'était plus facile d'imaginer Beth faisant l'amour avec Lil Wayne que moi dans le lit de Jason. Et puis ses mains et sa bouche sont descendues sur mes seins sans rien remarquer, j'étais soulagée, j'ai fermé les yeux, j'ai même aimé ses caresses, le danger était passé, le danger c'était de lui déplaire.

Je pensais pas qu'on le ferait ce jour-là. Je pensais pas que ça irait si vite, qu'on irait jusqu'au bout, c'est ce que j'ai répondu à l'infirmière du lycée, Tu es enceinte, espèce d'idiote ! J'ai mal au cœur, c'est tout. Date des dernières règles ? Je sais plus, j'ai oublié, elles viennent quand elles veulent. Son nom ?! Je vous le dirai pas. J'ai pas dit son nom. Je l'ai dit qu'à Beth.

Mamy Lee, si tu racontais l'histoire de Shine, ce serait comme si la police était pas venue, comme si l'infirmière avait rien dit, ce serait comme quand elles existaient pas, les règles, le sang aurait pas encore coulé entre mes jambes et Maman aurait pas déclaré, Ça veut dire que tu peux avoir des enfants, arrange-toi pour que ça n'arrive pas. Comme si elle avait préféré que nous, on n'arrive pas. Ce serait comme quand on était tout petits. À Noël, tu prenais le train de Detroit à Chicago pour venir passer les fêtes avec nous, parfois on venait te chercher, on s'installait dans le hall de la grande gare, sur les longs bancs de bois, et on t'attendait la tête renversée en arrière pour mieux voir les moulures du plafond voûté qui nous faisait l'effet d'un palais. Mais le plus souvent, on te guettait depuis la maison, parce que la neige recouvrait tout, elle montait jusqu'aux fenêtres du rez-de-chaussée, elle cachait les publicités pour les crèmes, les shampoings et les faux ongles de l'institut de beauté où travaillait Maman. Elle riait souvent Maman à cette époque et j'avais compris que tu préférais Marcus. Tu l'as toujours préféré, tu as toujours fait plus attention à lui qu'à nous. C'est pour ça que tu l'as attaché. Il y a quelque chose entre vous, ou entre toi et lui, parce que lui, il s'en rend pas compte, il s'en fout, il pense pas au reste de la famille, il nous voit pas. Il a envie de partir. S'il a parfois les yeux perdus loin, plus loin que le dernier arbre, c'est parce qu'il veut retourner à Chicago. Beth aussi quand elle m'écrit, elle dit que ce serait bien si je revenais à Chicago. Elle dit que c'est mieux quand on est deux.

Wes vient de rentrer. On dirait que ça le fait sourire, Maman à genoux en train de libérer Marcus, on dirait que rien le surprend du bazar dans la maison, ou que ça l'atteint plus. Pourquoi tu prends pas des ciseaux ? il demande à Maman. Elle secoue la tête, alors il lève les yeux au ciel, genre, Démerdez-vous. J'ai envie de rire tout à coup, je pique du nez vers les pieds tordus de Mamy Lee qui a grandi dans des chaussures trop petites et beaucoup marché ensuite, sa peau est craquelée, trop sèche, parcourue de fines lignes blanches comme sur du papier ancien, elle devrait mettre de la crème le matin, comme Maman me l'a appris, et tenter le vernis aussi. Un beau fuchsia. Je le ferai moi, même quand je serai vieille. Beth dit qu'on habitera ensemble. Que nos maris seront morts ou partis. On s'est juré de mourir ensemble.

— Yes !

Le nœud a cédé. Marcus s'est levé, a frotté ses poignets et il est parti sous la galerie sans un regard pour aucun d'entre nous. Maman a filé dans la cuisine tout en continuant de pester contre la vie, nous, les flics, la chaleur. À part la corde à linge qui serpente au pied de la chaise comme un reptile qu'on aurait fini par tuer, tout redevient normal, Marcus qui rêve d'être loin, Maman qui râle. On l'entend qui passe un coup de fil chez les King, elle parle à toute vitesse, elle sait que les voisins ont pas perdu une miette du passage de la police, elle veut pas leur laisser le temps d'une question, Allô, Elaine, toujours d'accord pour la rivière ? Départ à trois heures alors.

C'est dans une heure. Dans la cuisine, la porte du frigidaire s'ouvre et se referme, Maman prépare les bières, le coca, la viande, les tomates, le pain de maïs. Finalement les colères de Mamy Lee sont un peu comme les tempêtes de la région. La maison tremble fort, pourtant au matin le toit a tenu. Alors on regarde le ciel, les derniers nuages à la traîne et on se dit qu'on l'a échappé belle. Je préfère les colères de Mamy Lee aux tempêtes. Je suis plus habituée.

Mamy Lee, si tu racontais l'histoire de Shine maintenant. Maman finirait par rigoler avec nous, elle arrêterait de crier depuis la cuisine qu'elle va envoyer Marcus à l'armée plutôt que de se taper le parloir ou l'agent de probation. C'est qui, l'agent de probation ? Ça doit être quelqu'un qui t'engueule, comme l'infirmière du lycée, Tu es enceinte, espèce d'idiote ! Comme l'affiche dans le couloir, juste en sortant de son bureau, *Dans trente ans, qu'importe quelles chaussures tu portais, comment étaient tes cheveux ou le jean que tu avais acheté, ce qui comptera c'est ce que tu auras appris et comment tu t'en sers.* Qu'est-ce qu'ils croient ? Qu'il suffit d'aller tout droit pour arriver dans trente ans ? Si c'était vrai, Maman aurait sur la pile de linge à repasser les chemises de Papa pour la semaine à venir, Mamy Lee porterait un chapeau avec des plumes, on serait allés à l'église, on aurait chanté, parce qu'aujourd'hui c'est dimanche.

Wes

J'ai pas dormi là. J'étais avec Carlos. Quand je suis rentré, on aurait dit qu'une putain d'opération commando était passée par la maison. Maman m'a dit, Te voilà ! Elle était à genoux, derrière la chaise où était assis Marcus, elle défaisait le nœud. J'aurais pu demander ce que faisait la corde à linge autour des poignets de Marcus, d'habitude elle sert juste à montrer la couleur de nos slips à tout le voisinage, mais j'y ai même pas pensé. Prends des ciseaux, j'ai dit. Non, elle a répondu. Elle voulait le défaire toute seule, tout faire toute seule, avec ses ongles, ils sont tellement longs. Mamy Lee a levé les yeux vers moi, avec son air qui dit, Qu'est-ce que j'ai fait au bon Dieu pour avoir des petits-enfants pareils.

Carlos, il pense qu'on nous regarde tellement mal qu'un jour on tourne la casquette et on est dans les gangs, il dit qu'on va là où le regard des autres nous dit d'aller et qu'on commence les conneries pour en être. C'est pour ça qu'il a choisi l'armée. Pour éviter les conneries. Il était beau dans son nouvel uniforme avant le départ. Il y avait eu une petite fête chez lui pour se dire au revoir avec sa famille, ses copains, il posait avec qui voulait pour des photos qu'on n'imprimerait jamais, parce qu'on sait dès le lendemain du départ que c'était pas un beau jour.

Quand il est rentré, je l'ai trouvé changé, Carlos, c'était lui mais plus vraiment lui, il avait les yeux beaucoup plus grands qu'avant. C'est son visage qui est plus creux, a expliqué Maman. Pas seulement, c'était son regard aussi, un trou noir à l'intérieur. Cette nuit, on a joué. Il arrive pas à dormir. On a joué à *Call of Duty*, la dernière version, ça se passe en Afghanistan en 2016. Je parie qu'on sera toujours là-bas en 2016 ! il a rigolé Carlos. Et peut-être même que ce sera ton tour d'y aller ! Il aime bien me faire peur, mais il raconte pas ce qu'il a vu là-bas. Jamais. Et moi je demande pas. Le jour où il commencera, il pourra plus s'arrêter, et je veux pas être là. Ce qu'il y a dans ses yeux me suffit. Cette nuit, il était Mac Tavish, un gars des forces spéciales, il serrait fort les manettes, il criait fort aussi, le son qui sortait de sa gorge venait d'ailleurs, pas d'ici, de ce jeu, de cette pièce, de ce pays et j'ai voulu l'imiter pour être à la hauteur. Mais Carlos, il dit que c'est pas comme ça en vrai, la guerre, parce que souvent on s'y ennuie, on attend longtemps avant de voir l'ennemi. Il a dit ça pour pas que je m'y croie. Je venais de flinguer des dizaines de terroristes et de faire cracher quelques bombes à mon drone Predator.

T'aurais dû venir jouer avec nous, Jonah, parce qu'on dirait que tu pleures.

Jonah

Moi aussi je voudrais l'histoire de Shine.

Mary Lee

La route est belle maintenant. Débarrassée des flèches lumineuses qui montrent le chemin vers les casinos de Shreveport, L'Eldorado, qui peut changer votre vie, Sam's Town, trois étages de machines à sous, Horseshoe, son jackpot à 50 000 dollars et ses chambres avec salle de bains en marbre. Nous allons dans l'autre sens, loin du marbre. Il n'y a plus que des pins, des pacaniers, de grands chênes verts, quelques maisons ou maisons-roulottes, qui ont choisi de reculer sous les arbres et d'y accrocher une balançoire. La rivière n'est pas loin.

Dana s'est tue, elle conduit. Marcus est assis à côté d'elle, à l'avant. De dos, il a l'air d'un homme, il regarde je ne sais quoi par la vitre, sûrement rien, il faut bien poser ses yeux quelque part. Il n'écoute pas Jonah qui depuis la banquette arrière lui chuchote des histoires de matchs, de joueurs dont ils ont discuté mille fois, comme si de nous tous, il était son seul allié. Tu n'entends pas ton petit frère, Marcus ? Il a coincé son front entre la vitre et l'appuie-tête, il te renifle à s'en tordre le cou, Réponds-lui, Marcus, il réclame un mot, un seul, il veut juste entendre ta voix, être sûr que tout est redevenu normal, il est comme un petit animal perdu. Je ne vois plus que son dos rond, les griffes du tigre rongées par le temps et les lessives sur son T-shirt des LSU Tigers, son cou tendu, et la dent de crocodile qui s'y balance au bout d'un cordon. Nous l'avons achetée l'autre jour à la station-service en revenant de la rivière, nous sommes entrés dans la boutique pour prendre à boire et payer l'essence, Jonah s'est alors mis à tourner autour du présentoir, il avait manifestement très envie d'un de ces colifichets d'aventurier, des bouts de plastique importés de Hongkong, alors qu'il y a tant de crocodiles par ici ! Mais la caissière le regardait comme s'il allait voler, alors j'ai demandé à Jonah qui n'avait pourtant rien réclamé de choisir celui qu'il voulait, j'ai sorti mon billet de 5 dollars et si j'avais pu l'enfoncer au fond de la gorge de cette merdeuse dans son tablier Texaco, je l'aurais fait. Puis j'ai noué le cordon sur la nuque de Jonah devant elle pour lui montrer que nous sommes des gens bien. Il était si content en sortant, il souriait malgré la chaleur, le bruit des moteurs, l'odeur de l'essence et de l'asphalte en train de fondre. Il rêve de trophées, Jonah, de médailles. Réponds-lui, Marcus.

Ton silence m'emmène trop loin. Je sais le mal qu'il fait à Jonah, chaque longue seconde qu'il dure. J'ai compté, j'avais son âge, mon frère Howard ne répondait plus à ce que je lui disais. Et j'ai sangloté, comme Maman a pleuré les deux poings posés sur la table de la cuisine quand le médecin a livré son diagnostic, Tympans perforés. Qu'est-ce que ça veut dire ? Il est sourd, madame. Le docteur a ajouté qu'il ne pouvait être précis sur le degré de surdité de mon frère, alors nous avons espéré. Espéré que la voix des copains qui appelaient depuis la rue le ferait encore dévaler l'escalier, il courait si vite avant, Presque aussi vite que Cool Papa Bell ! blaguait mon père. Papa Bell, c'était le plus grand joueur des Negro Leagues au baseball, mon père disait que ce type-là, s'il sortait de son lit et allait éteindre la lumière de sa chambre, il était de retour sous ses couvertures avant même qu'il fasse noir, elle nous faisait rire cette histoire, je croyais que c'était lui qui l'avait inventée mais je l'ai lue des années plus tard dans un magazine. Espéré aussi que reviendrait le temps des repas en famille où Howard parlait trop, c'était difficile d'en placer une avec lui, il avait réponse à tout, ma mère avait peur que ça lui attire des ennuis, elle ne le laissait jamais finir ses phrases. Tant espéré que nous nous sommes cru exaucés quand sa fièvre est retombée, Howard s'est alors mis à parler de plus en plus, d'une voix forte qui emplissait la maison, d'une voix trop forte, mais nous étions tellement heureux, il était de retour. Nous n'avons pas voulu comprendre qu'il luttait contre le silence qui l'encerclait, qu'il débitait des phrases pour mieux réduire les moments où il ne comprenait pas et n'entendait pas ce qui se passait autour de lui. Ça n'a pas duré longtemps. À ce jeu-là tout le monde s'est épuisé, il a vu dans nos yeux qu'il criait trop fort, qu'il avait l'air d'un fou, alors il s'est mis à parler moins, et les gens trouvaient ça normal, sourd et muet vont souvent ensemble, mais il n'était pas muet, il se retranchait volontairement du monde qui l'avait mutilé. Et je ne voulais pas moi qu'il cesse de me parler, je me fichais qu'il crie, je me plantais devant lui, je lui criais, Crie ! Je me disais que les mots sont comme nous, ils ont besoin de compagnie, je le saoulais de paroles, que je mimais, que je dessinais, que je hurlais parfois et auxquelles il répondait de moins en moins souvent. J'avais besoin de l'entendre, comme Jonah avec toi en ce moment, je réclamais, je suppliais, À moi, rien qu'à moi, parle-moi. Mais il s'enfonçait dans le silence tout en apprenant à lire sur mes lèvres, il souriait parfois pour me dire, J'ai compris, et ses mots sont peu à peu devenus si rares que nous avons inventé des signes, nous avons même appris à nous écrire alors que nous étions dans la même pièce. Nous avons vécu de codes, de messages, et de paroles qu'il articule encore lors des grandes occasions. Il y a deux ans, pour l'élection du Président, tandis que je pleurais devant la télé, il a subitement crié un, Putain de merde ! qui s'est entendu jusqu'au bout de la rue. Jamais nous ne nous sommes quittés. Pourtant j'ai souvent pensé à lui comme à un mort, parce que quelqu'un s'en était allé, mon grand frère, bavard, rapide comme Cool Papa Bell, il avait les épaules tombantes de ceux qui ont poussé trop vite, il roulait un peu des mécaniques, il était beau. Tu lui ressembles chaque année davantage, Marcus. Lorsque tu es né, j'ai immédiatement reconnu son cou, ses longs cils, j'aurais aimé que tu t'appelles comme lui mais Dana a dit, Non, un enfant ne répare rien. Elle a ajouté, L'oncle Howard n'est pas mort. Elle avait raison. Il est à la maison en ce moment, il regarde pousser nos légumes dans le potager. Mais il a laissé le silence engloutir le souvenir que les autres avaient de lui, alors une espérance folle s'est installée en moi, Marcus, quand tu es né. Je n'avais pas peur que tu grandisses, j'avais hâte.

— Réponds-lui, Marcus !

J'ai pensé trop fort. Jonah se retourne et me fusille du regard. Dana allume la radio pour faire diversion et me donner tort. Marcus ne réagit toujours pas.

— C'est vrai ça, réponds-lui, Marcus ! rigole Wes.

Et il replonge aussitôt dans son portable et ses messages vers je ne sais qui, avec ce sourire qui semble se fiche de tout. Il a toujours voulu détrôner Marcus dans les yeux de son petit frère, avoir la place qui lui revient, être l'aîné des trois nés du même père.

— Tu la fermes, Wes, tranche Dana.

Jonah a saisi la poignée au-dessus de la vitre comme s'il avait besoin de se cramponner pour continuer. Je voudrais passer mon bras autour de ses épaules, lui dire, Enfonce-toi dans la banquette, détends-toi, Marcus est avec nous, je te promets que la police ne reviendra pas. Mais je mentirais et il n'accepterait pas un geste comme celui-là. Deborah à côté de moi n'arrête pas de bouger, elle se tortille dans tous les sens en secouant la tête pour entendre tinter les perles blanches que j'y ai accrochées, elle se retourne sans cesse vers la voiture des King derrière nous ou bien se cherche dans le rétroviseur à l'avant, du haut de cet âge où l'on ne sait pas se regarder. Au fait, Maman, pour les lentilles ? dit-elle. Je déteste cette envie d'yeux bleus dont il est question depuis une semaine. Elle s'est réveillée un matin avec cette idée et chaque jour elle revient à la charge. Ils sont magnifiques tes yeux noirs, Deborah. Tu as cette façon de reprocher rien qu'en regardant, ça peut servir. Mais je ne dis rien.

— Quoi, les lentilles ?

— Les bleues.

— On verra, soupire Dana.

— Cherche pas t'es moche, dit soudain Wes à sa sœur.

Et il rigole encore, calé derrière Jonah resté assis au bord du siège, il rigole de tout son long, c'est long un garçon de quinze ans. Pourtant je ne verrai jamais Wes autrement qu'en pleine nuit, enfant traversant les pièces sombres, un chiffon à la main à la recherche d'une présence adulte qui le rassure, il avait peur, il n'arrivait pas à dormir, et ça a commencé bien avant que son salopard de père ne crie à ses trois enfants, C'est la dernière fois que vous me voyez. Ce matin, lorsqu'il est revenu, il avait sa tête de celui qui n'a jamais trouvé le sommeil. Ta gueule, lui répond Deborah.

Quelques kilomètres encore jusqu'à la rivière.

Je ne vois plus que des statistiques dans cette voiture, une grand-mère trop grosse, une mère célibataire, son fils aîné bientôt en prison et Deborah enceinte l'année prochaine si elle continue de faire la belle.

Dana

Je sais ce que tu penses, Mamy Lee. Pauvre Dana qui ne s'en sort pas, incapable d'élever ses enfants, de garder les hommes, de leur dire non quand ils se présentent, de les choisir surtout, cinq enfants et trois pères, un qui s'est volatilisé, un qui trafiquait et un soldat détraqué qui ajoutait des médailles sur sa veste. Tu m'emmerdes avec ton exemple, ton mari, ta photo de famille au grand complet, le père, la mère, le vieil oncle sourd et les deux enfants, dont moi. Quel exemple ? Quels hommes ? Ce n'étaient plus des hommes. Mon oncle s'était arrangé pour ne plus avoir à parler et lorsque tu t'asseyais en face de lui, que tu prenais ses mains et lui disais ce qui s'était passé dans le quartier, il souriait pour te faire plaisir mais il ne t'entendait pas, et lorsque tu écrivais pour être sûre qu'il sache, la varicelle de ma sœur ou la mort du voisin, il lisait, hochait la tête, mais ne prenait pas le stylo pour te répondre. Et mon père, Maman, c'était un esclave dans son usine, l'usine Rouge elle s'appelait, ils travaillaient tous jusqu'à en crever là-bas. Papa rentrait en mille morceaux, il puait, se savonnait longtemps, puait encore, il ne parlait pas beaucoup ou alors pour raconter toujours la même histoire, ce gars assis à son poste, sur la chaîne pas loin de lui, et qui la minute d'après était mort d'une attaque, sans faire de bruit. Ils n'avaient pas arrêté la chaîne, ils l'avaient sorti, allongé, l'avaient recouvert de papiers, la chaîne tournait, ça mon père le répétait sans cesse, La chaîne tournait ! LA CHAÎNE TOURNAIT ! et ça voulait dire, J'ai pas bougé, j'ai continué à travailler, un gars est mort de fatigue devant nous et on a continué à travailler, un gars est mort de fatigue devant moi et j'ai continué à travailler. Parfois il disait je, parfois il disait nous. Je et nous, c'est pareil chez les gens comme nous. Je voudrais pouvoir dire je. Je me sens seule. Je n'aimais pas cette odeur de mon père. Je suis sûre que le père de Marcus m'aimait. Je vis au sud et toi au nord, qu'est-ce que ça change ? Elle est dans ta tête cette vieille ligne. Je repassais une jolie robe quand la police est entrée.

Jonah

Si mon père appelle, je lui dirai que la police est venue, qu'ils ont fouillé Marcus et toute la maison, qu'ils ont renversé mon lit aussi, parce que je dors dans la même chambre que Marcus et Wes. Ça l'intéressera, mon père. Il ne sait jamais quoi dire quand il appelle, Bonjour, Jonah, tu travailles bien à l'école j'espère ? Je réponds oui, Et tu veux toujours rentrer dans l'équipe des Tigers ? Je dis encore oui, et lui qu'il serait très fier si je rentrais à l'université et dans l'équipe. Et puis c'est tout. Deborah, elle veut pas lui parler. Elle va bien ta sœur ? Oui, je dis encore. Elle travaille bien à l'école ? Oui. Wes il est jamais là. Il va bien ton frère ? je dis encore oui. Il doit pas me trouver très intéressant, c'est pour ça qu'il appelle pas souvent. On raccroche vite. Maman répète fort ce qu'il lui a promis, Je fais un peu de fric et je t'en envoie. Elle le répète pour se moquer de lui. Elle le croit pas.

Alors la prochaine fois, je lui dirai que la police est venue. Il va s'inquiéter pour moi. Et pour Marcus aussi. Il l'aimait bien. À Chicago, il nous emmenait au garage où il travaillait, il nous montrait le dessous des voitures qu'il réparait, je comprenais rien, j'étais trop petit, mais Marcus ça l'intéressait. Il est comme mon fils, disait mon père. Comme si lui, il allait rester. On finissait toujours avec du cambouis sur le visage, il disait, T'es tout noir maintenant. Et on rigolait.

S'il avait été là, mon père, il aurait pas laissé les flics baisser le pantalon de Marcus. Il disait toujours, Méfie-toi d'eux, ils mentent plus que nous encore. Faut pas le dire aux King, qu'ils ont baissé le pantalon de Marcus. Il voudrait pas que ça se sache. Je sais, moi, quand les yeux de Marcus se ferment pas la nuit. C'est souvent. Je sais qu'il veut partir. Je sais où il planque son argent.

Deborah

Jason, tu rigoles dans la voiture derrière nous. Tu t'es allongé sur moi, mais tu sais rien de ce qui est arrivé ensuite. Tu rigoles avec ton frère et ton cousin. Je vois vos bras qui bougent et se croisent, d'ici on dirait que le ballon de la plage est déjà entre vous, toujours entre vous, comme des passes invisibles. Tu leur as dit pour nous ? Est-ce qu'on peut dire nous ? Regarde-moi. Tu me vois ? Je voudrais m'asseoir dans l'autre sens mais ce serait bizarre et j'aurais mal au cœur. Tu as remarqué les perles dans mes cheveux ? Est-ce que tu me vois ? Je crois que tu m'as souri ! Je me demande si tu as aimé le faire avec moi. S'il tremble c'est bon signe, a dit Beth. Tu as tremblé. Ensuite, tu t'es rhabillé vite, tu portais le même T-shirt Zydeco qu'aujourd'hui, tu avais l'air comme avant, cette façon que tu as de t'inquiéter de rien, tu as parlé du match de basket au lycée. Et tu m'as appris que Lil Wayne était en prison depuis trois mois pour port d'arme. Moi, je regardais plus le poster, je surveillais le bout de mon sein gauche qui ne pointait toujours pas sous le drap. C'est que t'as pas joui, a affirmé Beth. J'ai remis ma robe puis ma culotte et on s'est quittés d'accord pour dire que c'est idiot de vendre autant d'albums que Wayne et de finir en taule.

Lorsque je me suis retrouvée seule dans l'allée qui va de chez toi à chez moi, j'ai trouvé la lumière aveuglante, ma maison minuscule, j'ai marché doucement, j'ai cherché le regard des autres pour voir s'ils me trouvaient changée. Rien, ils voyaient rien. Faut dire que par chez nous, il y a plein de gens assis dehors toute la journée sur des balancelles ou des sofas défoncés, mais ils posent leur regard si loin que tu peux pas le croiser, je sais pas où ils s'en vont avec leurs yeux, dans leurs souvenirs je crois, ils ont pas l'air d'attendre quelque chose ou quelqu'un. Maman dit de faire attention, que certains sont fous, comme M. Dursley, il entasse de la vieille ferraille dans son jardin et il aime que son gros chien. Quand je suis passée devant chez lui, le chien s'est mis à aboyer, je me suis éloignée, Dursley était sur ses marches, il s'est moqué de moi, T'as peur des chiens ? Ben moi, j'ai peur des femmes ! Il m'avait jamais dit ça avant. Il est pas fou, M. Dursley. Il a vu que j'étais devenue une femme. Et puis je suis rentrée, les sensations se sont dissipées et je me suis sentie très vide. Très seule. J'étais là, quand l'équipe du lycée a gagné le match contre celle du comté, tu étais fou de joie sur le terrain, Jason, tu courais partout les bras en l'air avec tes copains, tu frôlais les gradins sans me voir.

Beth dit que, Jason ou un autre, c'est une bonne chose de faite. Mais je pense tout le temps à lui, c'est comme s'il avait oublié quelque chose sous ma peau, une petite boule brûlante qui roule sous mon ventre, ma poitrine, jusque dans ma tête. Comme le cancer de ma mère, a dit Beth.

Mary Lee

Ce pays, c'est des voitures avec des gens dedans, on leur a laissé croire qu'il suffisait de rouler pour être bien. Nous roulons. Ou plutôt ils roulent et je les suis au pays des ramasseurs de coton, des fleurs blanches et des rêves d'évasion. Je suis de passage. Pas d'ici. Pas du Sud. J'ai grandi en lui tournant le dos. Et je me suis fâchée quand Dana au téléphone m'a dit qu'elle quittait Chicago pour venir s'installer ici avec les enfants. Elle s'éloignait de nous. Elle repassait la ligne. C'était il y a trois ans. Howard était à côté de moi, il a senti monter ma colère, et quand je lui ai expliqué, il a écrit sur notre bloc, Alors je ne les verrai plus. Ça voulait dire qu'il ne viendrait pas jusqu'ici. Je l'ai regardé secouer la tête, il ressemblait à notre grand-père, sous la galerie à Saint Louis, qui grommelait que ses pieds ne retourneraient jamais dans le Sud, ce qui voulait dire que sa tête faisait souvent le voyage. Il avait laissé plus que sa jeunesse là-bas, au Mississippi, une grande partie de sa vie, ses morts, dont sa femme. Certains soirs d'été, Howard et moi, on le regardait boitiller jusqu'à la maison d'en face, il rejoignait d'autres vieux sous la galerie, ensemble ils jouaient aux cartes très sérieusement, et puis la partie finie, ils riaient, la tête en arrière, la bouche grande ouverte et tapaient du pied sur le plancher en se racontant des histoires, des toasts ils appelaient ça, je ne sais pas pourquoi, peut-être parce que ces histoires-là appelaient l'alcool. Mon grand-père ne riait jamais comme ça à la maison. Alors avec Howard on a commencé à lui réclamer ce qui l'amusait tant de l'autre côté de la rue, et c'est ainsi que Shine est entré chez nous. Il nous l'a d'abord raconté en douce et en version courte, parce que Shine, c'est un type pas vraiment recommandable, ma mère disait même qu'il était vulgaire, puis il nous l'a raconté de plus en plus fort, nous éclations de rire avec lui, nous reprenions avec lui, *Sauve-moi, sauve-moi, Shine !*, et nous grandissions avec lui, car nous pressentions que Shine n'était que l'invention d'hommes tristes. Chez nous, le passé n'existait pas, les plus lointains souvenirs de nos parents étaient nos premiers pas, ils n'évoquaient jamais le Sud où ils avaient grandi, il n'y avait aucune nostalgie, aucune image précise, pas d'enfance, pas de début, le néant avant nous, avant Saint Louis où ils s'étaient installés. Grand-père était notre seule piste pour remonter le temps et il se laissait faire. À force de lui soutirer des histoires, nous avons fini par poser des questions, Tu es allé à l'école ? Tu travaillais où ? Tu vivais où ? Grand-père s'est alors mis à nous raconter des paysages, des gens, et puis très vite des horreurs, des scènes à dormir debout avec des hommes pendus aux arbres comme s'il attendait qu'on le purge enfin de ses souvenirs. Maman le reprenait, Tais-toi, elle disait. Tais-toi ! Arrête avec tes histoires !

— C'est pas des histoires ! J'en ai rien à foutre des histoires. Je raconte ce qui s'est passé !

Il s'est levé pour lui répondre. Et puis il s'est rassis. La maison n'était pas grande. Et il n'était plus question d'aller rire chez les voisins d'en face. Il n'a plus parlé pendant des jours. Maman non plus. Mais toi, Maman, qu'est-ce qui t'est arrivé ? Ce n'était pas une question encore, elle ne sortait pas, c'était comme un reproche dans mes yeux. Ma mère prétendait nous protéger, nous inculquer les bonnes manières, prendre soin de nous, mais son silence m'effrayait davantage que les pendus de mon grand-père. Jamais elle ne disait, Amuse-toi bien, mais toujours, Fais attention à toi, elle se mettait à crier pour un rien, pour un verre qui se brise dans la cuisine, pour une veste jetée trop vite en rentrant sur le dossier d'une chaise, comme si notre maison pouvait s'effondrer d'un instant à l'autre. Elle nous enseignait la peur, la sienne, qui me contaminait, m'envahissait, le danger s'était installé dans ma tête et ce vide avant moi est devenu peu à peu comme un trou devant moi. Mais raconte, Maman ! C'est mon père qui a fini par le faire, tant nos rapports se tendaient avec l'adolescence, une histoire comme j'en avais déjà entendu mais qui est devenue la nôtre. Maman a dit au fermier qui l'employait qu'elle s'en allait avec les siens, Nous partons. Il l'a attrapée par le haut du corsage.

— T'es pas heureuse ici ? Tu vas où ?

— Au nord.

Alors il lui a serré la gorge plus fort encore, il s'est comporté comme un maître qu'il n'était plus, il a serré jusqu'à lui couper le souffle, elle s'est débattue, l'a repoussé comme elle a pu et elle est partie en courant. Le soir même, mon père s'est présenté chez lui, a exigé des excuses, des excuses à un maître, quelle idée ! Il n'a récolté que des insultes. Alors mon père a cogné l'homme blanc, il l'a laissé plié en deux, la lèvre en sang. Il risquait la mort. Maman était enceinte de moi et Howard n'avait que trois ans. En deux heures, ils ont ramassé leurs affaires, leur départ est devenu une fuite, la mienne aussi. Je me dis souvent que j'ai commencé là, tout contre le cœur de ma mère affolée, à l'intérieur. Je suis sûre que sa respiration coupée, ses pas, sa voix à ce moment-là, m'ont faite telle que je suis. La peur est en moi et je lutte pour ne pas être comme ma mère.

Mais je me suis fâchée quand Dana au téléphone m'a dit qu'elle quittait Chicago pour venir ici avec les enfants. Elle a dit, Arrête avec tes vieilles histoires, j'ai répondu comme mon grand-père, C'est pas des histoires, c'est ce qui s'est passé. Elle a insisté, Venez avec nous, toi et l'oncle Howard. Jamais ! j'ai répondu. Plutôt mourir. Et elle a dit encore, comme si nous nous étions lancées dans un concours de la maison la plus laide, Quitte ta ville en ruine ! Et j'ai dit, Jamais ! Ma ville en ruine et moi, on se ressemble, on est deux vieilles mal en point, on suffoque en août et on grelotte en janvier, on a les mêmes souvenirs, les mêmes fantômes, la même nostalgie, on a cru trouver de l'or, connu la folie des grandeurs et des cadences infernales, ici Ford, General Motors et Chrysler ont dicté la taille du capot et des routes, ici a été calibré le rêve américain, ici la fièvre des modernes fomentait les cancers des maris, hommes-machines soudés à l'usine douze heures par jour et brisés lorsqu'ils rentraient chez eux, mais jamais nous ne l'avouerons, ma ville en ruine et moi, nous sommes trop fières. Et moi, plus que ma mère, plus que ma fille, j'ai pu me poser quelque part, c'était au coin de Cochrane et de Butternut Street à Detroit, et j'y habite encore.

Quand le déclin s'est abattu sur la ville telle une longue tempête, quand nous n'avons plus entendu la sirène des cargos sur le fleuve, quand les usines vides depuis bien longtemps sont devenues le paradis des rapaces qui y ont fait leur nid, j'en ai vu des voisins s'en aller faute de travail et d'argent, des portes et des fenêtres clouées par les banques, des toits se décomposer jour après jour, des murs se fissurer puis tomber, des papiers peints se faner dans les chambres éventrées de gamins que j'avais vus grandir, des robinets de salles de bains pendre tout seuls dans le vide d'un ancien premier étage sans qu'on leur réclame plus d'eau. Et j'ai fixé sur ces robinets comme sur les prises électriques, petits carrés blancs devenus inutiles au bas des murs, tous mes souvenirs d'un temps qui s'annonçait meilleur, moins dur aux cœurs et aux corps des hommes et des femmes. Notre bonheur s'était mesuré aux gestes qu'on ne faisait plus, la toilette qu'on ne faisait plus au-dessus d'un bac d'eau froide, la lessive qu'on ne faisait plus à la main, le sol qu'on ne brossait plus à genoux. Nous étions promis à la classe moyenne, moyenne, c'est déjà haut quand on est tout en bas.

Mais chaque maison qui s'écroulait alentour semblait dire, Au suivant, et la nuit, toujours la nuit, elle brûlait. C'était l'œuvre de voisins, qui n'en pouvaient plus de ce tableau morbide sous nos fenêtres, nous savions, nous couvrions, les pompiers se contentaient d'éteindre l'incendie et la police ne demandait rien. Ça pouvait tout aussi bien être un court-circuit provoqué par des junkies qui squattaient là. Quelle que soit l'étincelle, le feu semblait justifié. Le lendemain matin, dans l'herbe calcinée, il ne restait que trois marches en ciment qui ne menaient plus à rien. J'ai alors pris l'habitude de regarder l'herbe avancer, elle va vite, elle mange tout. J'ai pensé aux civilisations englouties, aux Romains ou aux Égyptiens, rien qu'en regardant par ma fenêtre, je me disais que la même chose arrivait au monde américain, ce n'était plus notre tour de dominer, j'ai pensé, Nous, notre tour, moi qui n'ai jamais rien dominé, mais je suis américaine. Henry a vu la maison des voisins brûler et puis il est mort à force de respirer des saletés dans les fonderies des usines. C'était il y a vingt ans. Il m'a laissée seule avec Howard, comme s'il savait que c'était dans l'ordre des choses. Howard et moi. On a pris le terrain à côté sans rien demander à personne, on a déblayé, retourné la terre même si on n'était plus très jeunes, on a planté des potirons, des courgettes, des salades, du maïs et des pommes de terre, et sans le savoir, sans se le dire, on a reconstruit le jardin de nos parents, les rangées de légumes derrière la maison de Saint Louis. Certains ont dit que le sol était plein de plomb à cause des usines d'avant, c'est sûrement vrai mais ça pousse bien, d'autres ont dit que nous retournions à la terre, comme les esclaves, mais c'est notre terre, celle qu'on s'est choisie, la vie n'y a jamais été facile, mais pas aussi cruelle qu'ici, au sud, elle nous a laissé le temps de croire en quelque chose. De l'autre côté de la maison, ça a fini par brûler aussi, on a nettoyé et installé des poulets. Howard arrose pendant que je ne suis pas là. Je lui ai dit doucement, Trois semaines pour voir Dana et les enfants. Il a écrit sa réponse, Il y aura de quoi faire des conserves quand tu rentreras.

— Et merde !

Les flics. Dana a crié. Derrière nous leur voiture roule sans sirène, mais elle arrive vite après celle des King. Marcus secoue la tête, les yeux fixés sur le rétroviseur, je les vois enfin ses yeux, ils sont comme deux jetons au milieu de la partie, ils vrillent, ils tournent à toute vitesse sans savoir comment tout ça va finir. Jonah enfonce ses ongles dans le siège avant comme pour retenir ce frère qu'on pourrait lui enlever, Wes est raide, une expression vide sur le visage, Deborah s'est recroquevillée contre moi, son menton tremble mais c'est Vickie qui se met à pleurer. Il y en a des kilomètres de routes dans ce pays, des flics aussi, pourquoi serait-elle pour nous cette voiture-là ? Parce qu'ils sont venus tout à l'heure, parce qu'ils ont fouillé la maison. Ils approchent, ils déboîtent, doublent les King, Dana se tait maintenant, c'est nous qu'ils doublent, ils passent doucement, très doucement, nous dévisagent depuis l'autre file. Enfin ils accélèrent et disparaissent en nous laissant le sentiment d'un miracle.

— Ils vont revenir ? murmure Deborah.

— Non.

J'ai répondu d'un air catégorique sans laisser à Dana le temps de parler. Jonah tourne la tête vers moi pour s'assurer qu'il a bien entendu. Je sais que s'ils ne reviennent pas cet après-midi, ils reviendront demain, dans une semaine ou un mois, ils reviendront, parce qu'ils l'ont dit en quittant la maison, On le lâchera pas, votre fils. Mais aujourd'hui nous allons à la rivière avec les King, il y aura du monde, l'odeur de la viande qui grille, le bruit de l'eau quand les enfants s'éclaboussent et un peu d'ombre pour s'endormir. Seuls les moustiques ont le droit de nous gâcher l'après-midi.

Deborah

Si on avait un accident là, avec la voiture. Si je mourais, tu serais triste, Jason ?

Jonah

Marcus m'a dit l'autre jour, Trayvor, tu l'évites. Je sais pas pourquoi. Il a pris son air sévère, celui qu'avait mon père quand il disait, Ne fais jamais pleurer ta mère. N'empêche qu'il l'a fait pleurer, lui. Et Marcus aussi. Quand elle pleure, elle déplie sa main comme un mouchoir, elle fait glisser ses deux doigts sous les yeux pour sécher les larmes avant qu'elles ne coulent. Elle croit que je la vois pas. Est-ce qu'elle pleure maintenant à cause de la police ? Moi je ne dois pas.

Je voudrais être dans l'autre voiture. Ils rigolent bien Jason, Garett et Greg. Mais si j'étais avec eux, ils poseraient des questions au sujet de ce matin et il ne faut pas leur dire pour Marcus. Ni pour le pantalon. Ni pour la corde à linge. Ils se moqueraient de lui s'ils savaient que Mamy Lee a été la plus forte. Je ne sais pas pourquoi Marcus l'a laissée faire.

Quand elle s'est mise en colère, je suis parti dans la salle de bains, je me suis brossé les dents et je suis allé dans la chambre. J'ai remis les matelas à l'endroit. Tout était par terre. Mamy Lee criait encore. Maman aussi. J'ai poussé la porte. J'ai ramassé les tiroirs qu'ils avaient renversés, les pages du journal que j'avais découpées l'an dernier pour garder les scores de Jordan Jefferson, elles étaient froissées, et dessus, il y avait même l'empreinte de la chaussure d'un flic, à cause de la terre devant chez nous. Pourquoi vous ne plantez rien ? demande toujours Mamy Lee. Dans le salon, elle criait à Marcus qu'elle avait honte. Le flic avait marché sur l'interview de Jordan, je l'ai relue, Jordan disait, C'est très important pour moi d'être un leader, j'ai des buts à atteindre, ils sont très élevés mais je peux y arriver. J'ai aplati la page avec ma main, pareil que Maman avec le fer à repasser. Mais le journal s'est déchiré. J'ai dû frotter trop fort. Comme les dents. Mes gencives saignaient. Jordan et les Tigers ouvriront la saison contre la Caroline du Nord à Atlanta le 4 septembre. C'est dans un mois.

Mary Lee

La radio passe Armstrong, elle annonce que le festival de Satchmo a commencé à La Nouvelle-Orléans. On serait bien là-bas à écouter les brass bands, à l'ombre sous une grande tente avec des ventilateurs, des jets d'eau, des verres pleins de glaçons recouverts de sirop. On l'entend mal Armstrong dans la voiture, à cause de la clim et de votre dédain pour sa trompette. C'est comme une musique qui s'éloigne, qui ne fait plus réagir mes enfants, mes petits-enfants, Musique de vieux, ils disent, ou de Blancs, ce sont eux, c'est vrai, qui vont au festival. Fut un temps, pourtant, où nous la chantions, elle s'échappait du transistor rouge et argent que branchait mon père dans la cuisine de notre maison de Saint Louis, le monde entier était suspendu à la radio, pour les informations, les comiques et le jazz, l'orchestre qui jouait semblait dire le contraire de nos vies, il semblait dire que nous autres étions ce qu'il y avait de mieux dans ce pays, nous avions le rythme, nous savions bouger nos pieds, nos mains, nos hanches, notre cul, nous savions danser, nous savions qui nous étions. Chez nous, Howard improvisait la batterie, d'abord avec ses doigts et puis avec des baguettes contre la rambarde de la galerie, le grand-père battait la mesure du bout du pied, moi je me trémoussais, je voulais être chanteuse, Bessie Smith de préférence, je ne sais plus pourquoi elle, j'ondulais, je faisais du playback, même Maman semblait se détendre. C'est ce que j'aimais avant tout dans cette musique, ce pouvoir qu'elle avait de divertir mes parents. Le temps de quelques morceaux, leurs corps étaient moins raides, leurs épaules descendaient de quelques centimètres, ils souriaient, et s'ils fermaient les yeux, ce n'était pas comme à l'église, c'était autre chose, un moment d'abandon qui laissait entrevoir en eux une zone secrète et interdite, le plaisir.

J'ai vu exactement la même chose se dessiner des années plus tard sur le visage d'Henry. Detroit débordait de musique, la ville avait ses studios, ses vedettes, Henry achetait des disques qu'il écoutait le dimanche en fin d'après-midi, il mettait la musique fort, John Lee Hooker plus que tout autre l'enchantait. Dana et sa sœur le regardaient avec le même soulagement que moi ma mère laissant le jazz lui adoucir les traits. Il proclamait, Ici on fabrique la meilleure musique au monde ! Façon de cracher sur la chaîne de production automobile qu'il regagnait le lendemain matin. C'était ça l'usine, on ne l'aimait pas mais on ne voulait pas qu'elle s'en aille. Toute la ville était comme lui, ivre de rythmes, épuisée par les cadences de la chaîne. Moi je m'écartais dans ces moments-là, je sentais que ses disques lui procuraient ce que je ne lui apportais plus, nos débuts étaient loin déjà, ces beaux soirs où nous éteignions la lumière, où nous étions deux, pas simplement lui sur moi, nous prenions notre temps et je faisais beaucoup mieux que soulever ma chemise de nuit en attendant que ça se passe. Année après année, l'usine l'avait mangé, me l'avait rendu en miettes, nous dormions toujours l'un contre l'autre, mais il n'avait plus que sa chaleur à m'offrir, alors il disait, De toute façon l'homme de ta vie c'est ton frère, il disait ça pour renverser la faute, étouffer mes reproches, et il n'avait pas totalement tort. Howard avait sa chambre chez nous, il a vieilli seul et jamais loin de moi. Alors, quand Henry passait ses disques, j'allais tout près de mon frère qui n'entendait rien, il manipulait longuement les pochettes des disques d'Henry et souffrait à cause du souvenir du transistor chez nous.

Il y a deux ans, j'ai tout vendu. Un jeune voisin m'a aidée, j'ai apporté tous les disques d'Henry au magasin sur Cass Avenue, j'ai déposé là des caisses de vinyles poussiéreux. Ils m'ont tout pris, des jeunes gars blancs et gentils qui portent des bonnets sur la tête même à l'intérieur de leur magasin, et aucune trace d'arrogance sur le visage, ils se sont penchés sur mes caisses, ont fait un rapide inventaire, j'ai vu défiler nos dimanches soir sous leurs doigts, nos faces A, nos faces B, nos labels, Motown, Peacock, Mar-V-Lus, Atco, nos gospels, Mighty Clouds of Joy, nos hits, Alvin Cash & The Crawlers qui chantaient *Twine Time*, nos chansons d'amour, *I Found a Love* par The Falcons, nos héros, Bobby Womack, Irma Thomas, Gil Scott-Heron, John Lee Hooker, ils hochaient la tête en signe d'approbation, ils savaient quel trésor j'apportais, la musique noire, et ils m'ont donné 200 dollars pour le tout. En ressortant de chez eux, j'en ai laissé 50 au voisin et fourré le reste dans ma poche, j'ai pensé, Notre musique est passée de l'autre côté, mais je n'étais pas triste, elle était mieux là que chez moi à prendre la poussière, elle est pleine de fantômes, elle continue d'avancer, elle corrige le passé, peut-être même le futur.

On aperçoit maintenant la rivière qui longe la route derrière les arbres, c'est plutôt l'inverse, la route qui suit la rivière, elle est venue bien après, mais qu'importe l'ordre des choses, leur hiérarchie. Dans la voiture, le vieux Armstrong a été chassé par une chanson à la mode, un hit d'une de ces beautés noires qui gémissent en chantant et font rêver Deborah. Dana monte le son, la musique plus fort que la clim, plus forte que le souvenir des flics dans le rétroviseur. Deborah se met à fredonner, Wes se moque encore d'elle, Jonah reste agrippé au siège avant et ma robe est mouillée. Vickie a fait pipi, je dis. Mais personne ne m'entend. Dana chante maintenant. De Marcus, je ne vois plus que le tatouage sur sa main gauche, une espèce de reptile entortillé sur lui-même. Jonah a lâché le siège avant. Je le dis une deuxième fois, plus fort pour couvrir la musique, Je crois que Vickie a fait pipi !

Jonah part d'un immense éclat de rire, suivi de Deborah, ils rient tous les deux, la tête en arrière, avec cette facilité qu'ont les enfants de se moquer des plus petits qu'eux. Dana dit que c'est la transpiration, mais c'est impossible à cause de la clim et de l'odeur aussi. Dana monte le son plus fort encore, elle a soudain l'air de l'adolescente qu'elle était, Jonah se met à chanter lui aussi mais en parodiant le refrain, il chante, Pipi, pipi avec un i qui s'étire, Deborah râle parce qu'elle aime la chanson, mais Pipi l'emporte, c'est devenu notre incident de parcours, il efface tous les autres. Qu'est-ce qui s'est passé aujourd'hui ? Vickie a fait pipi dans sa culotte ! Pipi de peur, mes enfants. Vessie qui lâche quand passe la police. Pipi dans la culotte à fleurs d'une toute petite de trois ans qui a senti le sang se figer dans mes veines. Mais riez, c'est toujours bien les rigolades sur la banquette arrière, surtout après ce qui vient de se passer à la maison. Riez. Vickie rit aussi. Je caresse ses joues, je sens à l'intérieur les mots qu'elle est incapable de prononcer, elle voudrait dire, comme moi à mon grand-père, comme vous qui réclamez Shine, comme tous les enfants qui ont besoin de voir les adultes heureux pour grandir, Riez, riez, c'est tout ce qui compte, ne criez plus. Nous descendons maintenant vers la berge.

Dana

Quand la voiture de police est apparue dans le rétroviseur, j'ai pensé accélérer, j'ai senti mon pied prêt à enfoncer la pédale, j'ai voulu fuir, commettre quelque chose, qu'ils mettent leur gyrophare, qu'ils m'arrêtent, qu'ils me demandent mes papiers, j'ai voulu qu'ils me voient. Car je n'ai rien osé dire lorsqu'ils sont entrés ce matin, j'ai senti couler du plomb en moi, cette voix du devoir qui commande aux mères d'adoucir, de réparer, débrancher le fer à repasser, défaire le nœud autour des poignets de Marcus, passer l'éponge sur la table, préparer le pique-nique malgré les placards éventrés par les flics, conduire jusqu'à la rivière et maintenant nettoyer les fesses de Vickie. Elle est mon dernier enfant, il n'y en aura plus après elle. Mettre un peu d'eau dans le creux de mes mains, asperger doucement la peau et les plis de Vickie. Tous ces gestes ne sont pas mes gestes, ce sont ceux des mères, elles ne sont pas fortes comme on le prétend, elles sont résistantes, ce n'est pas pareil. Si j'avais été forte, j'aurais hurlé à la face des flics qu'ils ne touchent pas à mon fils, si j'avais été forte j'aurais sommé ma mère de se rasseoir sur le canapé, si j'avais été forte, je ne me serais jamais retrouvée avec ces pensées méchantes qui me viennent parfois contre mes enfants, l'envie d'être seule, absolument seule, si j'avais été forte, je serais dans l'eau comme les garçons, je nagerais, il y avait des cours de natation à l'université, mais j'ai quitté l'université au bout de quelques mois pour l'école d'esthéticienne, Quel gâchis, a dit Mamy Lee.

J'ai pourtant connu la plus belle période de ma vie grâce à mon diplôme de coiffure et maquillage. C'était au salon de beauté à Chicago, les clientes me complimentaient sur ma silhouette et ma peau, elles voulaient me ressembler, l'une d'elles un jour m'a comparée à Néfertiti, la reine d'Égypte, c'est devenu mon surnom à l'institut, ça voulait dire, La belle est venue, et j'ai voulu que tout le monde m'appelle comme ça, même dans le quartier. Il n'y a que la famille qui n'a jamais pu, mais je passais tellement de temps à l'institut. Les clientes me faisaient des confidences, elles disaient que j'avais de la conversation, J'ai eu mon bac, je leur répondais, sans jamais mentionner que ça avait été le combat de ma mère plus que le mien. Je me voyais rire et mentir dans la glace, c'était un endroit plein de miroirs, on s'inspectait le dos, les hanches, le profil, les cheveux, on se cherchait, on s'épiait, on se corrigeait le maquillage, on se perdait jamais de vue. C'était superficiel peut-être, mais dehors c'était tellement laid, la drogue à tous les coins de rue, les amis d'enfance défoncés et la consigne qui répétait, Rentrez vos mômes après 17 heures.

Souvent ces dernières années, j'ai pensé à Néfertiti comme à quelqu'un d'autre, quelqu'un que j'aurais croisé il y a longtemps, une amie d'enfance dont j'aurais été proche et jalouse parce qu'elle était plus belle et plus fonceuse que moi. Mais depuis qu'on m'a parlé d'un travail à Memphis dans un institut de beauté, elle réapparaît, c'est comme si elle m'appelait. C'est elle qui a voulu accélérer quand les flics roulaient derrière nous, elle ne les aurait jamais laissés saccager sa maison. Elle est tout près. J'ai appelé pour le poste, j'ai donné mes références, raconté les années passées au salon à Chicago et ils veulent bien me prendre à l'essai. Alors on s'en va. Je veux retrouver les miroirs, remettre ma jolie robe, du fard sur mes yeux le matin, tendre un peignoir blanc aux clientes, ne plus puer la friture des cantines, sentir bon en rentrant chez moi, rencontrer un homme. Je sais qu'on ne m'appellera plus Néfertiti, j'ai les hanches trop larges. Mais on s'en va, on déménage. Je le dirai ce soir aux enfants, quand on sera revenus de la rivière.

Deborah

Regarde-moi, Jason.

Mary Lee

Il a l'air d'un roi, le fleuve. Il est là depuis toujours, rouge à force de creuser l'argile, rivière Rouge, c'est son nom. La nuit, il brille. Le jour, il est plat comme le verre et ne reflète que le ciel, les nuages et les arbres. Il semble ne pas nous voir. Nous sommes une quinzaine, nous venons ici presque chaque jour depuis deux semaines tant la chaleur semble vouloir nous punir, mais il passe, indifférent à nos enfants qui s'élancent, à leurs mères qui disent, Attention au courant, et aux vieilles, comme moi, qui se retranchent à l'ombre sur leurs sièges pliants. Rien ne trouble le fleuve. Il connaît son sort, il descend l'Amérique et s'en va se noyer dans le Mississippi puis dans la mer. Il est tout petit là-bas dans la mer, mais si grand devant nous. J'ai peur de lui. J'ai l'impression qu'il rit, qu'il rit du pont un peu plus loin qui rouille en ayant cru l'enjamber, qu'il rit de nous aussi, de nos mains et nos pieds incapables de nager, de nos sueurs froides quand passe la police, j'ai l'impression que nous sommes comme les feuilles mortes qui dans quelques mois se détacheront des arbres, poussières dans l'eau.

Deborah est entrée jusqu'à la taille, elle s'est approchée des garçons, elle glousse bêtement, roule des épaules, j'imagine ses hanches qui ondulent sous l'eau, ses jambes qui s'entortillent, Jason l'éclabousse gentiment, elle en redemande et se plaint en même temps, Fais gaffe, je viens de faire mes cheveux. Leurs corps dessinent à la surface des cercles qui s'agrandissent puis disparaissent. Je regarde les lignes s'évaporer, le fleuve effacer toute trace, j'aime bien m'asseoir tout près, l'observer, le fixer, j'aime être au bord tandis que les enfants sont à l'intérieur, c'est un peu de terrain conquis.

— Vous savez, Mary Lee, j'ai vu la voiture de police ce matin.

— ...

— Ils voulaient quoi les flics ?

— Ils se trompaient d'adresse.

— Je suis bien heureuse qu'ils soient repartis sans personne.

— Personne.

— J'ai guetté derrière la moustiquaire et je suis bien heureuse, vraiment. Mon fils à moi est en prison, encore quinze jours. Violence domestique. Quand je pense que j'ai été battue et que lui frappe aussi, ça me rend triste.

— C'est statistique, madame King.

Vous espériez de la compassion de ma part, mais j'en suis incapable aujourd'hui. Je suis comme le vieux pont rouillé là, à notre gauche, si un train s'égare et l'emprunte, il s'effondre, je suis un peu pareille, j'en ai trop entendu, des histoires de fils en prison, à la prochaine, je me brise. Nous sommes devenus des statistiques je vous dis, juste des statistiques. Alors votre fils, madame King, je suis désolée mais je m'en fous. Laissez-moi tranquille. Dans une vingtaine de minutes, j'offrirai le triste spectacle d'une vieille dame qui sieste la bouche ouverte, d'ici là, laissez-moi regarder le fleuve, nos enfants à l'intérieur, laissez-moi contempler leur danse, trois gamins dans des corps d'hommes ruisselants, ma petite-fille au milieu, une silhouette de femme déjà, son dos s'est cambré, ses fesses et ses seins sont sortis. C'est bon de les entendre rire, de pouvoir m'asseoir face au fleuve sans me tourmenter, je ferme les yeux, je m'éloigne. Méfie-toi Deborah, du bruit de tes perles comme de leurs yeux lumineux, les vagues et les amours c'est pareil, dangereux, mais danse, Deborah, c'est vain mais c'est beau, et c'est encore plus joli dans l'eau, tu as l'air d'un cygne. Je me rappelle le corps d'Howard et celui de ses amis à votre âge, je regardais leurs muscles dessiner des courbes sous leur peau, sur leur ventre, leurs épaules, leur dos, des courbes qui n'y étaient pas l'été d'avant, la sueur perlait, la sueur qui n'avait rien à voir avec le travail ou l'effort, mais avec la course, les jeux, la musique, la force des garçons. J'aimais passer mon doigt sur le dos d'Howard transpirant comme on le fait sur une fenêtre mouillée par la pluie, Maman a fini par me l'interdire, elle disait que ce n'était plus de notre âge, que j'étais sa sœur et qu'il était mon frère, elle installait des barrières avec des mots qui rapprochent. Howard comprenait, il souriait, promettait à Maman de ne plus me laisser faire, peut-être d'autres doigts de fille parcouraient-ils déjà son corps sans que je le sache, peut-être en rêvait-il, il savait en tout cas où menait ce jeu-là. Moi je ne l'ai compris que plus tard mais je n'ai jamais oublié son corps humide, il était le premier, les autres je les trouvais plus forts, plus maigres, plus osseux ou plus gras que lui, Howard restait sous mes doigts, un grain de peau indélébile, un grain de sable dans ma mémoire, Howard d'avant, avant qu'ils ne le brisent, ne le coupent du monde et de moi, il avait dix-sept ans, votre âge, beau comme Marcus, si près de Marcus, c'était l'été, il faisait chaud comme aujourd'hui.

Ce soir, Deborah, je te dirai Shine, c'est la seule chose de mon grand-père que je veux bien transmettre. Le reste, je le garde pour moi. J'entends encore Maman, Tais-toi, Tais-toi donc avec tes histoires ! Et lui, C'est pas des histoires, c'est ce qui s'est passé, ils les pendaient et ils leur coupaient la bite ! Je suis condamnée à les entendre tous les deux, elle qui voulait qu'il se taise et lui qui ne demandait qu'à parler. J'hésite encore entre elle et lui, entre le silence et les cris, j'ai voulu vivre entre deux, espérer un peu. Pendant des années, leurs voix se sont éloignées, j'avais beaucoup à faire, ma vie à mener, mais elles reviennent, maintenant que j'ai ralenti. Sont-elles furieuses que je ferme doucement les yeux sous ces arbres du Sud ? Les ai-je trahies ? Toi tu ris, Deborah. C'est bien. Ris, laisse-toi éclabousser, profite de ta jeunesse, de ta beauté, de la leur. Tu ne sais rien encore, ma petite-fille, de ce corps en face de toi, rien de vrai je veux dire, et tu rêves probablement devant ces torses sombres aux muscles tendus qui servent à vendre de la musique ou des baskets. Moi je peste devant ces publicités, parce que c'est toujours la même puissance animale autour de nos hommes, le même fantasme, les mêmes légendes, ces prétendus centimètres enroulés dans leur slip, elles courent depuis longtemps, ces histoires-là, des siècles, elles ont lavé les cerveaux blancs, ils ont eu peur d'être plus faibles, plus courts entre les jambes de leurs bonnes femmes, ils se sont déchaînés, ce que mon grand-père raconte, ce qu'Howard a subi, c'est pour ça, toujours la même puissance animale autour de nos hommes.

Parfois je ris toute seule, peut-être de rage, en me disant qu'ils auraient pu venir nous demander à nous autres, leurs femmes. Je suis vieille, j'ai vécu, le temps a refermé mes jambes, mais j'ai connu des hommes avant de me marier, je sais que l'outil noir n'est pas mieux que le blanc, quoique je n'aie jamais couché avec l'homme blanc, il ne m'a pas proposé, je sais que chez nous c'est comme chez eux, il y a de tout et il faut se méfier des apparences. Mais le monde s'en fout, des souvenirs des dames noires flétries, qui racontent que le long zizi de l'homme noir, ça n'existe pas, que nos hommes ont peur, qu'ils hurlent en silence comme Howard, qu'ils pleurent en secret comme Henry, qu'ils frappent comme le fils de Mme King, qu'ils s'en vont comme les amours de Dana, qu'il n'y a pas d'hommes pour élever nos hommes, Marcus, Wes, Jonah, Jason, Greg, Garett. Tout le monde s'en fout. Alors je ferme les yeux, j'oublie la police ce matin, ce que Marcus a fait, ou pas fait, je laisse le sable recouvrir mes pieds et vos corps adolescents bondir dans l'eau, je vais m'endormir, je supplie ma mère et mon grand-père de se taire, comme vous, madame King, Taisez-vous, on mangera plus tard, s'il n'y a pas de fumée ni de braises dans le barbecue, si son T-shirt est en boule sur le sable, c'est que Marcus est dans l'eau et c'est bien finalement.

Saint Louis, Missouri

21 juin 1949

Les reporters du *Post-Dispatch* et du *Globe* attendent depuis un moment sur les marches de la mairie. Qu'est-ce qu'il va leur dire, O'Toole ? Il n'y a pas si longtemps, quand il dirigeait la campagne de Darst, il aurait foncé vers eux, il leur aurait glissé une confidence, un commentaire, qu'il aurait eu grand plaisir à retrouver dans le journal du lendemain matin, après avoir vérifié sa tête de plus-malin-que-les-autres dans le miroir de la salle de bains. Il donnerait cher aujourd'hui pour revenir en arrière, à ces heures de conquête, à son costume de stratège qui lui allait mieux que celui d'adjoint aux affaires sociales, autant dire toute la merde et la misère de cette ville. C'est comme si du plomb avait coulé dans ses chaussures depuis qu'il a été nommé là, il avance au ralenti et les deux journalistes s'impatientent. O'Toole sait ce qu'ils veulent, cette phrase qu'il a prononcée il y a trois semaines devant quelques personnes de la mairie et qu'on leur a soufflée, ils veulent qu'il la confirme, mieux : qu'il la répète, une phrase qu'il a immédiatement regrettée, Une phrase courageuse, avait dit sa femme pour le consoler alors qu'il rentrait et s'effondrait dans le canapé, Non, une faute politique, la ville à feu et à sang deux semaines après les élections ! lui avait-il répondu d'un ton sec qui voulait dire, Sers-moi un scotch et te mêle pas de politique. Il savait bien, lui, que ce n'étaient ni les convictions ni le courage qui l'avaient fait parler, ou alors de très loin, au nom d'un vieil accord avec sa jeunesse dont il ne se souvenait plus, non, c'était l'ivresse de la puissance qui l'avait fait parler trop fort et trop vite, cet état de grâce qui suit les victoires et faisait couler en lui une de ces liqueurs douces et enivrantes qui viennent clore les festins. Il en avait oublié sa prudence, ses gestes, ses mots d'ordinaire réfléchis, soupesés, calculés, il avait cru qu'il pouvait faire mieux que les autres, dire la loi, être la loi, résoudre l'insoluble, refermer la plaie béante du pays et souffler sur les gens comme sur les miettes de pain qui restent sur la table. Les gorges s'étaient nouées quand sa phrase était sortie. Et il s'était bien gardé de la répéter ensuite, bien gardé aussi d'aller soulever le problème dans le bureau de Darst. Depuis trois semaines, il s'est convaincu qu'il vaut mieux ne rien dire, ne rien décider.

Mais il suffit d'une fois. La phrase a circulé, courte, rapide, estampillée adjoint au maire, ex-directeur de campagne, elle rampe, la vipère, répétée, chuchotée par les employés de la mairie, surtout ceux de l'ancienne équipe, trop contents de prédire des emmerdes aux démocrates, vingt ans que la mairie était républicaine, ils vont voir ce qu'ils vont voir, les vainqueurs, cette phrase, c'est une traînée de poudre, il suffit d'attendre que la température monte, l'été sera chaud, tous les étés le sont, ils l'ont dit à O'Toole, ils l'ont prévenu qu'au moment de l'ouverture des piscines, les Noirs allaient essayer d'entrer, c'est comme ça d'ailleurs que la phrase est sortie, ils l'ont défié jusque dans son bureau, alors il a crâné, comme si c'était simple, il a parlé, et ensuite une panique muette avait parcouru les couloirs, on aurait dit qu'une canalisation venait de lâcher, laissant voir tous les déchets et les excréments de la ville, car c'est une bombe cette phrase : Légalement rien n'empêche un Noir qui veut nager d'entrer dans une piscine.

Voilà ce qu'il avait dit.

Et maintenant les journalistes voudraient savoir. Les nouvelles venues de Webster Groves laissent présager le pire, là-bas une nouvelle piscine a été ouverte la veille, les Noirs ont comme d'habitude été refoulés mais cette fois les associations menacent de porter plainte et de faire condamner la ville. La même chose risque de se produire à Saint Louis. Arrivé aux marches de la mairie, O'Toole est immédiatement rejoint par les reporters. Sa phrase claque à la première question du *Post-Dispatch*.

— Monsieur O'Toole, vous auriez dit que rien n'empêche un Noir d'entrer dans une piscine. Vous confirmez ?

O'Toole les ignore, il avance, les deux journalistes le suivent. Au seuil de son bureau, il se retourne, redresse le menton, cherche à retrouver son sourire des campagnes électorales mais il n'y est plus.

— Non, je n'ai pas dit ça.

— Pourtant, d'après nos informations, vous avez dit que les Noirs ont le droit de nager.

— Non, je n'ai pas dit ça.

— Mais...

— Quel est le règlement municipal alors ? renchérit le reporter du *Globe*.

La main d'O'Toole reste accrochée à la poignée de la porte qu'il n'ouvre pas. Il n'y a rien derrière, rien qu'un bureau sans réponse, ni règlement, on est au nord, pas au sud, à Saint Louis, Missouri, pas à Jackson, Mississippi, la haine est partout mais aucune loi ne l'autorise, nulle part il n'est écrit qu'il est interdit aux gens de couleur d'entrer dans les piscines, même si c'est ainsi que ça se passe. Quoi que réponde O'Toole, ce sera dans le journal du lendemain et ça n'ira pas. Il est perdu dans cette mairie qui sentait bon la conquête, pendant des mois il a su peaufiner des discours de campagne, éviter tous les pièges et le voilà dedans, prisonnier du vaste mensonge de l'Amérique. Sa tête de politique mouline mots et arguments, bilan des gains et des pertes, soit les Blancs saccagent la ville, soit les Noirs saisissent la Cour suprême comme à Webster Groves. À tout prendre, mieux vaut pour la Cour suprême, plus loin, plus calme surtout. Mais que dire, maintenant, qui ne coupe pas la ville en deux et n'abîme pas sa réputation ?

— Vous avez peut-être simplement dit une vérité qui devait être rappelée à cette ville..., suggère le journaliste du *Globe*, qui sait qu'il faut toujours commencer par donner le beau rôle à celui qu'on interroge.

— J'ai juste dit...

— Dit quoi ?

— Dit que lé-ga-le-ment, rien n'empêche un Noir qui veut nager d'entrer dans une piscine.

Il a étiré les quatre syllabes de l'adverbe comme s'il disposait les Tables de la Loi autour de lui en guise de bouclier. La loi, ce n'est pas lui qui l'a écrite, que les choses soient bien claires. Mais il a répété la phrase et la presse a obtenu ce qu'elle veut. O'Toole comprend qu'il ne s'en sortira pas seul, il doit parler au maire, lui saura calmer le jeu, il leur rejouera sa vieille amitié avec le président Truman, son progressisme tempéré, ses petits airs amicaux derrière ses lunettes rondes, ça a fait merveille pendant la campagne. O'Toole lâche la poignée de son bureau, s'en va au bout du couloir, la démarche plus raide encore, le *Post-Dispatch* et le *Globe* toujours dans son sillage. Il entre seul dans le bureau du maire et reparaît dix minutes plus tard pour faire entrer les journalistes. Darst est debout, il a sa tête des grands jours et ne laisse pas le temps d'une question.

— Messieurs ! Ce n'est quand même pas la même chose de dire : « Si des Noirs demandent à être admis, ils sont autorisés à entrer » et : « Les piscines sont ouvertes à tous ! Noirs et Blancs sont les bienvenus. »

— Donc vous validez ? Si des Noirs demandent à entrer ils le pourront ? insiste le *Post*.

— S'ils demandent à entrer pour nager ! s'agace Darst.

Les mots sont sens dessus dessous. L'embarras politique à son maximum. Les journalistes ne traînent pas, ils écoutent encore trois circonvolutions du maire et puis s'en vont. À peine sont-ils sortis que Darst demande qu'on lui passe les rédacteurs en chef du *Post-Dispatch* et du *Globe*. Il sait qu'il faut viser plus haut. À l'un puis à l'autre des patrons des deux journaux, il demande de traiter l'affaire modestement, sans effet d'annonce, dans un coin de page, il leur parle d'homme à homme, il baisse la voix jusqu'à se faire passer pour un prince confident, il insiste longuement encore sur le calme fragile de la ville puis juste avant de finir, au moment de raccrocher, il s'offre un rire sonore, mélange de connivence et d'autorité. « J'entends bien, monsieur Darst », s'entend-il répondre. Alors il pense naïvement les avoir convaincus. L'état de grâce, encore. Pourtant au

710 North Tucker Boulevard, siège du *Globe*, la une est prête :

PISCINES ET SQUARES OUVERTS
AUX DEUX RACES

Dès le lendemain matin, les radios embrayent, elles annoncent la nouvelle en boucle. À 9 heures, moment de l'ouverture, on ne signale aucun Noir à l'entrée des piscines, mais déjà le standard de la mairie sature, *Negroes are pushing too far !!* hurle un chœur d'anonymes aux voix blanches, les négros vont trop loin ! Un travail ! Une place dans le bus ! Ou au restaurant ! C'est déjà leur faire grand honneur ! Mais dans l'eau ! Dans nos vestiaires ! À poil ! Leur peau ! Leurs microbes ! Veulent pas coucher avec nos femmes pendant qu'on y est ?! Un certain John O'Toole a reçu des menaces de mort au téléphone, les gens le confondent avec celui de la mairie, il demande une protection policière qui lui est accordée. Le vrai O'Toole est dans le bureau du maire, il n'a décidément plus rien du faiseur de roi et le maire plus rien d'un roi, le rouge envahit la partie chauve de son crâne, signe que la colère monte. Il jette le *Globe* par terre sans même l'ouvrir.

— Quels fils de pute !

Au commissariat du 5e district, le capitaine Dirrane éructe lui aussi.

— Ils auraient pu prévenir, ces enfoirés de la mairie ! Va falloir du renfort. Je veux deux gars devant chaque piscine !

Et Mary Lee hurle de joie en écoutant son père lire le journal à voix haute, c'est une chose qu'il ne fait qu'en de très rares occasions, la dernière fois c'était à la fin de la guerre. *Désormais Noirs et Blancs pourront nager ensemble dans les neuf piscines municipales de la ville et utiliser ensemble les trente-cinq squares, a annoncé hier John O'Toole, adjoint aux affaires sociales.* Mary Lee traverse le jardin en courant, pousse la barrière, s'en va chercher Howard sans écouter la suite, sans écouter non plus son grand-père qui marmonne que ça va mal finir. Howard est à deux blocs de là sur Glasgow Avenue, chez son copain Will, il n'en croit pas ses oreilles, frère et sœur rentrent à la maison en jurant d'aller nager l'après-midi même.

— Pas toi, Mary Lee, tu ne sais pas nager, tranche soudain la voix maternelle.

— Howard non plus ! proteste Mary Lee.

— Mais il est grand, il est fort et c'est un garçon !

C'est comme si dans toutes les familles noires de la ville, la même scène avait eu lieu, car dès 14 heures, devant la piscine de Fairground Park, il n'y a que des Blanches dans la file des filles et une trentaine de Noirs côté garçons. Mary Lee n'est pas loin, elle a eu l'autorisation d'aller voir et juré, comme Howard, de s'éloigner si les choses tournaient mal. Elle a grimpé dans le marronnier à quelques pas de l'enceinte de la piscine, il est facile à escalader avec ses gros nœuds sur le tronc et ses branches basses, et il y a longtemps qu'avec Howard, ils viennent là regarder Fairground Pool par-delà le mur. Des deux piscines découvertes à Saint Louis, c'est la plus belle, elle est ronde, elle fait des vagues, on dirait la mer qu'ils n'ont jamais vue, avec du sable autour, même couleur que sur la carte de géographie dans la classe, même loi que dans le reste du monde. Elle semble avoir toujours été là. Howard et Mary Lee n'ont donc jamais entendu parler de l'ouverture de Fairground Pool, trois décennies plus tôt. Ce fut un événement. Il y avait autant de gens dedans que dehors, certains se déshabillaient derrière les arbres du parc pour éviter les vestiaires et entrer plus vite dans l'eau, d'autres prenaient carrément le tramway juste vêtus d'un maillot de bain. Quelque chose se passait, qui n'était pas comme au travail, cols bleus et blancs se retrouvaient ensemble et en slip, qui n'était pas comme à l'église non plus, les femmes étaient parmi les hommes, en petite tenue dans l'eau ou sur le sable, seins, cuisses, hanches mises en valeur par des maillots qui une fois mouillés laissaient deviner un mamelon ou déborder quelques poils. Le temps des loisirs était venu qui faisait hurler au scandale les ligues de vertu mais elles ne pouvaient plus rien arrêter, les corps exultaient, tout juste obtinrent-elles qu'au-delà de quatorze ans, le port du noir ou de l'opaque soit rendu obligatoire, ainsi qu'une petite jupe sur les hanches pour masquer les formes des dames. Howard et Mary Lee dans leur arbre n'ont jamais su qu'une révolution a eu lieu là. Quelle révolution ? Depuis qu'ils ont l'âge de venir au parc, ils n'ont toujours vu que des Blancs dans la piscine. Tant de fois, tant d'étés, ils ont regardé les autres s'ébattre au soleil et dans l'eau, ils ont ri parfois des mollets soudain nus du postier, des gros seins de l'épicière, mais ils écoutaient en silence le cri continu des enfants ruisselants, mesurant du fond de leur propre gorge l'intensité du plaisir qui leur était refusé.

Au bas de l'arbre, Howard et Will ont laissé leurs vélos. Mary Lee les regarde qui avancent vers l'entrée, elle maudit sa mère qui a peur de tout et aussi son père qui ne l'a pas défendue, elle se jure de leur pourrir la vie jusqu'à ce qu'ils l'autorisent à aller se baigner, l'été n'est pas terminé, elle a le temps encore, elle sait faire, poser la même question à l'infini, planter ses yeux noirs dans ceux de son père, ou bien ne plus manger, ne plus adresser la parole jusqu'à ce qu'on lui cède. Tandis qu'elle échafaude ses plans de rébellion, les files avancent vers le déshabillage, dans un ordre qui semble tout signifier de la hiérarchie du monde, garçon blanc, fille blanche, garçon noir, un ordre où Mary Lee n'existe pas.

Howard et Will vont bientôt franchir le tourniquet. On saura à ce moment-là si c'est vrai ce qui est écrit dans le journal, car bien des fois, ces dernières années, les gardiens se sont amusés, ils parlaient comme O'Toole, Si vraiment tu veux nager, mets-toi dans la file, alors des garçons se glissaient dans la queue, mais c'était pour mieux leur crier, au moment de passer la grille, « Interdit aux nègres ! ». Depuis l'arbre, Mary Lee n'entend ni ne voit les regards et les chuchotements hostiles parmi les enfants qui avancent, seul compte le moment où Howard et Will vont franchir le passage, cette barrière qui ne semble avoir été installée là que pour les humilier, y clouer une pancarte, un sens interdit. Cette fois, c'est bon ! Ils viennent d'entrer, aussi simplement que ça, Howard s'est retourné vers l'arbre en souriant, il a eu une pensée pour sa sœur qui le regardait, puis il a disparu dans les vestiaires des garçons. C'était donc vrai. À travers les branches, Mary Lee peut voir les premiers dans l'eau, ils courent, sautent, crient et nagent, ils sont blancs, ils ont l'habitude, rien n'a changé encore. Et Mary Lee se demande toujours pourquoi les filles entrent plus doucement dans la piscine, pourquoi elles trempent les orteils d'abord, pourquoi l'eau leur semble plus froide, plus profonde qu'aux garçons ? De quoi ont-elles peur ? Depuis qu'elle vient dans l'arbre, elle regarde leurs hanches qui se tortillent, leurs seins qui bougent derrière la brassière assortie à leur culotte bouffante, leurs lèvres bientôt prêtes à embrasser. Sans se l'avouer, elle interroge ces corps blancs dont les courbes évoluent comme les siennes et larguent l'innocence. Elle a pleuré, Mary Lee, quand sa poitrine est sortie, pleuré longtemps, seule sous ses draps, allongée sur le ventre, pour écraser ces deux bosses qui décrétaient la fin de l'enfance et dessinaient la différence entre elle et son frère. Elle ne verse plus de larmes maintenant, mais elle préfère porter des vêtements larges qui ne soulignent pas ses seins. Elle sait ce qu'on attend d'elle. Précisément cette impossibilité de se jeter à l'eau comme les garçons.

— Dépêchez-vous, Howard…, murmure-t-elle.

Dans le bassin maintenant, les corps semblent indécis, en attente. Les jeux se sont calmés, les cris aussi et les regards tournés vers la sortie des douches. Dépêchez-vous, Howard… L'eau bleue bouge à peine. Fairground Pool est comme un échiquier où les Blancs rosissent au soleil en attendant les Noirs. Comme un miroir aussi, miroir de la ville tendue à l'extrême, miroir des filles, de ce qu'on a prévu pour elles et qu'elles offrent trop vite, miroir sans Mary Lee coincée dans son arbre, elle rêve qu'on l'éclabousse, quelques gouttes, quelques miettes de ce festin mouillé que sa mère lui a interdit, sa gorge et sa peau réclament de l'eau, le thermomètre avoisine les 38 °C. Elle rêve qu'elle entre dans un maillot de bain jaune, sa couleur favorite, qu'elle saute dans l'eau jusqu'à éclabousser les autres filles de sa différence. Dépêchez-vous, Howard…

Il est déjà 14 h 15, il ne reste même pas une heure de baignade, ceux de 15 heures vont arriver, il faudra sortir, c'est le règlement, comme ça qu'ils font pour qu'il n'y ait pas trop de monde dans l'eau. Dépêchez-vous, Howard… Pourquoi ne se pressent-ils pas ? Peut-être qu'on ne les laisse pas sortir des vestiaires, peut-être qu'on leur fait du mal à l'intérieur pour qu'ils ne reviennent jamais. Dans la tête de Mary Lee, subitement l'inquiétude a remplacé l'envie. Et la peur s'installe, vieille nourrice, Tu sais pourquoi les Noirs marchent au milieu de la route ? demande parfois le grand-père, Tais-toi ! dit sa mère, Parce qu'ils ont peur des chiens ! répond Mary Lee à la manière d'une petite bête savante. Tu sais pourquoi les Noirs dorment dans des lits en fer ? Mais tais-toi donc, crie sa mère, Parce qu'ils ont peur des rats ! poursuit Mary Lee qui joue avec les pires souvenirs comme elle jetterait des cailloux au fond d'un puits pour deviner sa profondeur. Elle sonde le silence de sa mère. Elle résiste à ses cris, à ses soupirs qui semblent vouloir la préparer à être courageuse et digne plutôt qu'heureuse. Elle n'en veut pas, elle ne sera pas comme elle, la peur au ventre et des gros seins au-dessus. Mais pourquoi les Noirs ne sortent-ils pas des vestiaires ?

Les voilà ! Howard, Will et tous les autres sont au bord de l'eau maintenant, le corps ruisselant.

Ils sont passés sous la douche, un gardien leur a ordonné d'y rester, de s'y frotter longtemps pour être sûr qu'ils soient propres. Howard tient ses deux bras croisés devant lui comme s'ils l'encombraient, Will, les mains sur les hanches, a l'air plus sûr de lui. Un maître nageur les fait reculer contre l'enceinte et leur montre l'endroit dans l'eau qui leur est réservé, ils ne devront pas franchir la limite. Il le répète plusieurs fois en criant. Mary Lee entend distinctement ce qu'il dit. L'autre maître nageur, assis sur sa chaise haute sous un parasol, ressemble maintenant à un juge de ligne.

Ils avancent doucement. Il est 14 h 25. Mary Lee fixe son frère, elle n'est plus jalouse du tout, Vas-y, Howard, disent ses lèvres en silence. Elle devine combien c'est dur pour lui d'être là alors que tout le monde voudrait qu'il n'y soit pas. Il met les pieds dans l'eau, fait quelques pas, entre jusqu'à la taille, il sourit, les autres aussi, puis ils rient tout en se regardant pour vérifier qu'ils sont ensemble, en mesure, c'est nerveux mais c'est aussi la joie. Même leur regard ne va pas au-delà de la limite, ne pas voir les jeunes Blancs en face qui les observent et en oublient de s'amuser, les gens dehors qui se pressent contre la clôture, le gardien qui brûle de punir, d'ordonner la sortie, le sifflet brillant entre ses dents. Ils ne s'éclaboussent pas non plus, ils ne déborderont pas, ils s'accroupissent, clignent des yeux, piqués par l'eau et le soleil. Et puis progressivement on dirait que des ressorts leur poussent sous les pieds, leurs muscles de jeunes hommes se contractent, Will le premier se bouche le nez et met la tête sous l'eau, il en jaillit telle une flèche, Howard rit et l'imite, l'eau s'écoule entre ses dents blanches. Bientôt ses bras tentent un mauvais crawl, alors Mary Lee est jalouse à nouveau, son frère ne sait pas nager, les autres non plus d'ailleurs, leurs mains moulinent dans le vide, leurs jambes restent au fond. Elle le dira à ses parents, Mary Lee, c'est sans risque, sans danger, personne ne sait nager, elle ira défier sa mère ou supplier son père, elle ne sait pas encore. Le plaisir d'Howard la rend heureuse et furieuse en même temps, elle le regarde fixement, elle sait quelle victoire signifie sa présence dans l'eau et non plus sur la branche à côté d'elle, Mais moi ! Moi ! crie-t-elle à l'intérieur de sa tête. Les mots vont et viennent, comme les vagues dans la piscine, comme les voix au pied de l'arbre, elles sont de plus en plus nombreuses, de plus en plus virulentes, Howard aussi les entend, c'est sûr, il sourit encore, mais il les entend.

— Sortez de là, cafards !

Le premier cri a fusé contre le grillage. Howard, Will et les autres ont tourné la tête. Mary Lee s'est recroquevillée dans l'arbre. Dans l'eau, les sourires ont brusquement changé de côté mais sans relayer les cris, ils sont nus dans leur calecçon, ils trempent, ils mollissent, il faut un habit au combat, quelque chose qui permette d'avoir l'air. C'est dehors que la virilité demande à s'exercer, ils sont deux cents maintenant contre la clôture, ils ont l'âge d'Howard pour la plupart, parmi eux quelques adultes qui les échauffent et les poussent à crier plus fort. Bientôt des projectiles tombent côté piscine, des pierres mais aussi des boulons trouvés on ne sait où, préparés dès le matin avec les maillots de bain quand la radio a annoncé la nouvelle.

Sur son arbre, Mary Lee ne bouge plus. Elle n'ose pas monter plus haut, elle n'a jamais essayé et Howard le lui a toujours interdit. Il faut descendre, s'enfuir avant qu'il ne soit trop tard, car la foule blanche grossit de minute en minute, on dirait que la ville s'est donné rendez-vous là. Mais alors qu'elle tend la jambe vers une branche inférieure, Mary Lee ressent de fortes vibrations dans l'arbre, elle devine entre les feuilles deux gamins en train de défoncer les vélos à coups de batte de base-ball. Elle est pétrifiée. Ils frappent encore, ils s'en donnent à cœur joie, encouragés par les rires de ceux qui les entourent. Enfin le gardien du parc intervient, il les engueule et leur dit d'aller jouer ailleurs. Il n'a pas confisqué leurs battes. Il interpelle l'un des deux policiers présents.

— Va falloir appeler des renforts. On va pas les tenir.

Il est 15 heures. Au commissariat du 5e district, le lieutenant Kube vient d'arriver pour prendre la relève du capitaine Dirrane. Il a récupéré les chiffres concernant la piscine couverte de Mullanphy Community Center :

— Pas de Noirs à l'ouverture à 9 heures, quatre à 13 h 30, et maintenant ils sont soixante-quinze dans l'eau. Y a plus que quinze Blancs !!

Diranne lui explique le dispositif mis en place le matin même. Survient l'appel de la piscine.

— Capitaine, dit l'agent qui a décroché, Fairground réclame du renfort. L'ouverture s'est bien passée. Mais semblerait que la sortie s'annonce plus difficile pour les négros qui sont dans la flotte. Y a un paquet de monde à l'extérieur.

— Warman ! Haupt ! Drockshage ! Prenez la voiture 54 ! tonne Dirrane.

— Il en faut plus ! renchérit Kube, c'est là-bas que ça va chauffer. Havey, Watt, Springer, prenez la 52. Et dispersez-moi tout ça !

Mary Lee n'a plus le choix, elle monte encore pour ne pas être vue, elle se hisse comme elle peut, sans faire attention aux branches qui la griffent, aux gouttes de sang qui perlent sur son mollet, aux bruits furtifs des derniers écureuils qui s'enfuient. Elle s'assied plus haut dans le creux arrondi que dessinent deux branches, le feuillage y est dense mais laisse entrevoir ce qui se passe en bas. Les Blancs de 14 heures sont dehors, le cheveu mouillé, tiré vers l'arrière, ils n'écoutent pas l'agent qui leur dit de rentrer chez eux, ils se joignent à la foule des hurleurs. Pourquoi Howard et les autres ne sortent-ils pas ? Mary Lee ne les voit pas. Ils sont bloqués à l'intérieur, massés contre la caisse, les yeux rougis par le chlore et la frayeur, ils sont cernés par la foule qui écume dehors et veut les punir, par les coups de fil, les instructions qui pleuvent, Ne les laissez pas sortir sans la protection de la police, mais c'est quoi la protection de la police ? Ils ont tous eu affaire à elle, jamais elle ne les a protégés. De l'autre côté du tourniquet, dans la file de 15 heures, il y a encore des enfants noirs, ils sont moins nombreux, moins confiants qu'une heure plus tôt, machinalement leurs bras se frôlent, se cherchent, s'ils osaient, ils se donneraient la main, ils pressentent qu'ils n'entreront pas, qu'il est trop tard, qu'ils arrivent après l'éclipse, ils voient bien ceux de 14 heures qui semblent dire, N'y allez pas, ils ont en tête l'écho de leurs parents qui n'ont pas su comment interpréter l'annonce de la mairie ce matin, pas pu retenir leurs enfants et leur ont répété avant de partir, Fais attention à ton petit frère. Mais il y a en eux l'obstination des enfants et la fierté des plus grands, Ne pas voir, ne pas entendre, serrer sa serviette contre soi, avancer coûte que coûte, cet après-midi, pour la première fois de leur vie, ils vont à Fairground Pool.

Finalement un policier s'avance et s'interpose, Rentrez chez vous, c'est terminé, la rigolade ! Il n'a pas dit, Interdit aux nègres. Les gamins restent un moment sans réagir. Le policier les pousse. Alors ils tournent doucement les talons, tête haute et serviette autour du cou. Quelques crachats atteignent leurs visages. L'un d'eux se retourne, brandit le poing qui annonce la bagarre un peu plus tard, quand les petits seront au lit. La meute ne demande que ça. L'un de ses meneurs, la cinquantaine, un chapeau mou enfoncé sur le crâne, déclare ouverte, La chasse aux négros, et annonce qu'ils se rassemblent déjà à l'ouest du parc. Les renforts arrivent. La moitié des agents va vers la foule qu'ils tentent de faire reculer, l'autre vers la piscine. Howard, Will et tous les enfants noirs de 14 heures sortent enfin, escortés par les policiers qui viennent d'arriver. C'est le monde à l'envers, stupéfaction dans les yeux de ceux qu'on escorte, rage de la foule qui a toujours eu la police, le droit et l'autorité de son côté et qui comprend que, même si plus jamais un Noir ne peut entrer à Fairground Pool, quelque chose finit ou commence aujourd'hui. La prochaine fois on vous noie ! crient les meneurs, leurs mots se propagent et s'aiguisent, Noyons-les ! Noyons-les ! Le ressac de la colère laisse monter les appels au meurtre jusqu'à l'arbre, Noyons-les ! Mary Lee, petit corps noir caché à l'intérieur du marronnier tel un fruit mal accroché, ne se retient plus de pleurer.

Howard et Will refusent d'avancer, ils veulent récupérer les vélos et la petite sœur, ils n'en démordent pas et l'hostilité de la foule n'est pas faite pour les calmer, ils serrent déjà les poings, finalement un agent les accompagne, tandis que le reste du groupe est poussé vers la sortie du parc. Mary Lee se redresse, les voilà qui viennent ! Elle a le cœur qui bat si fort qu'il semblait s'être arrêté depuis un moment, elle va partir avec eux quand ils seront là, elle descendra. Mais au pied de l'arbre, la foule est compacte et le policier a bien du mal à la contenir pour laisser Howard et Will approcher. Quand Howard découvre ses pneus crevés, ses roues tordues, ses rayons cassés, sa selle arrachée, il lève immédiatement les yeux vers l'arbre, il ne la voit pas dans le feuillage dense, elle est trop haut, il ne l'entend pas qui l'appelle, Howard !, la foule crie, pousse, battes de base-ball en avant, dans les côtes, Will est touché, plié en deux, il suffoque, Howard lui prend le bras, Bâtards ! hurle-t-il, Noyons-les ! répond la foule. Mary Lee sanglote en articulant le nom de son frère, elle ne sait pas où poser son pied pour descendre, elle a peur de glisser, de tomber dans ce bain de haine, et déjà Howard s'en va, poussé par le policier qui lui commande d'avancer et demande du renfort. Will s'est redressé, Howard lève encore une fois la tête vers l'arbre, si elle n'est pas là, c'est qu'elle est partie à temps, elle est rentrée à la maison, alors ils attrapent le guidon de leurs deux-roues et avancent doucement, les brutes à leurs trousses, battes au bout du poing, lames au fond des poches. Au loin, le ballet des sirènes s'intensifie, toutes les voitures sont dehors. La 53 fonce vers le 3 600 Palm Avenue, un appel du voisinage a prévenu qu'une bagarre a démarré, les policiers ne trouvent pourtant là qu'un groupe d'enfants noirs qui discutent de ce qui se passe à Fairground et qu'ils dispersent. La 51 envoyée au 3 126 Saint Louis Street tombe effectivement sur des gamins noirs et blancs qui s'affrontent à coups de jet de pierre. Les veinards de la baignade de 14 heures, les premiers Noirs à tremper dans l'eau bleue de Fairground Pool, font parler d'eux dans toute la ville.

Mais ils marchent maintenant sous escorte policière poussés vers Natural Bridge Avenue, avec des traces de coups sur le torse et les tempes. Howard et Will sont de retour parmi eux, colonne d'enfants menacés de mort par d'autres du même âge, et fauteurs de troubles dans les yeux de ceux qui les protègent. Un couteau apparaît entre les mains d'un adolescent blanc bruyant, le policier le lui confisque et lui dit qu'il n'aura qu'à venir le récupérer avec sa mère au commissariat, il ne l'arrête pas, ne lui demande même pas son nom. Bientôt Howard et les autres ne sont plus que des petits points pour Mary Lee, trop haut, trop seule, elle s'est accrochée longtemps à leurs silhouettes raides et à leurs vélos hors d'usage, elle murmurait le prénom d'Howard sans qu'aucun son ne sorte de sa bouche, elle ne les voit plus, il n'y a plus d'enfants noirs dans les environs, plus qu'elle et des Blancs qui crient, des Blancs qui nagent. Finalement la piscine n'est pas la mer, elle ne change pas de couleur avec la tempête.

— Vous savez comment vous occuper de ces nègres ? Prenez des briques et visez leurs sales têtes dégoûtantes.

Mary Lee a fini par reconnaître les voix. C'est encore l'homme au chapeau mou qui parle, il était de ceux qui ont suivi son frère et les autres, il revient frustré d'une bagarre qui n'a pas eu lieu.

— Mais on va se faire prendre et la police va nous mettre en prison ! lui répond un adolescent boutonneux.

— Non, ils n'en feront rien. Tue un nègre et tu te feras un nom.

Entre les cuisses de Mary Lee, le pipi coule tout seul, tout chaud, la peur a fini de lui manger le ventre, elle pourrait rouler et tomber comme une petite pomme vermoulue, sa main droite s'agrippe à l'écorce, son bras gauche s'enroule autour de ses genoux, pourquoi ne pas tomber, foncer vers la catastrophe plutôt que de l'attendre, c'est si tentant de tout lâcher. Soudain une clameur rageuse dans la foule. Et d'autres voix devant la piscine, des voix comme celle de son père, de son frère, des voix d'hommes noirs, ils sont quatre, l'un d'eux parle fort.

— Mon frère s'est fait cogner, il a des ecchymoses plein la poitrine, juste parce qu'il est venu nager !

C'est Troy, le grand frère de Will ! Mary Lee en est sûre, elle le reconnaît, elle l'a toujours trouvé impressionnant et intimidant, il paraît qu'il a dans le dos un incroyable tatouage rapporté de l'armée. Elle voudrait l'appeler, être sa petite sœur, elle est sa petite sœur, ils sont tous frères et sœurs, Troy, murmure-t-elle, Troy, crie-t-elle. Mais qui peut l'entendre ? Là-bas le ton monte, les flashs des photographes crépitent, chaque mot que prononce le grand frère énerve davantage la foule, et Troy parle de plus en plus fort.

— Vous voulez une émeute, c'est ça ? mais vous allez l'avoir ! s'énerve-t-il. Je me suis battu moi au bout du monde pour ce putain de pays, pour votre putain de démocratie et mon frère aurait même pas le droit de faire trempette ?

La foule blanche avance et pousse. Un journaliste conseille à Troy et ses amis d'aller porter plainte au commissariat du 5e district, tandis qu'on entend à l'intérieur le rappel du maître nageur, il va être 17 heures, la piscine ferme, il faut sortir de l'eau et aller aux vestiaires. Les petites silhouettes blanches et dégoulinantes courent, Troy et ses copains s'en vont, mâchoires serrées, les journalistes traînent encore, il y a plus de deux cents gars qui veulent en découdre dans les parages.

Quand il arrive à la maison, Howard est comme un fou. Envie qu'on l'écoute, qu'on y retourne, qu'on se batte puisqu'ils ont cogné Will et bousillé son vélo.

— Où est ta sœur ? demande sa mère.

— Elle n'est pas là ?

— Mais non !

Alors Howard lâche son vélo, jette sa serviette, monte dans sa chambre, fixe son tiroir comme s'il hésitait, l'ouvre finalement, attrape son couteau et repart en courant vers le parc, sans écouter sa mère qui hurle son prénom, demande des explications et lui crie que son père est parti à leur recherche. Il y a du monde sur Natural Bridge Avenue, même des femmes leurs enfants dans les bras, qui ne veulent rien rater du spectacle, les policiers repoussent tous les Noirs, Rentrez chez vous ! Howard se faufile, seul il est moins repérable qu'en bande. Où est Mary Lee ? Au coin de Grand Boulevard, le tramway lâche quelques passagers, parmi eux un homme noir, il est encore sur la dernière marche qu'il est immédiatement attrapé, jeté à terre et battu par une bande de quatre gars armés de battes et de briques, il s'effondre, se recroqueville sous les coups, la police intervient, forme un cordon autour de l'homme, lui demande son nom, mais il ne se relève pas et ne peut articuler un mot. Howard observe la scène, tremblant de rage, il a dix-sept ans et envie de se battre, il avance, Dégage ! Tu veux connaître le même sort ? lui hurle un policier, il s'en va en reculant, les yeux fixés sur l'homme au sol, ils n'auront pas touché à une petite fille, ces salopards, pas à une petite fille. Sur Spring Street, le cordon de policiers est plus dense encore, un autre homme gît sur le trottoir, face contre terre, du sang s'écoule d'une de ses oreilles, il a l'air mort mais Howard ne distingue pas très bien, autour de lui des Blancs raides et bien habillés regardent le corps noir avec embarras, ils ne se penchent pas vers lui, ne lui parlent pas, ils constatent, tandis que les plus jeunes, les coupables, l'arme du crime au bout du bras et l'écume aux lèvres, s'éloignent sans que personne ne songe à les arrêter, se faufilent parmi les voitures bloquées, dégoulinants de haine, la main crispée sur leur batte ou sur un simple manche à balai, ne cherchant plus l'étincelle, juste où frapper, comme ce pare-brise derrière lequel un couple noir les regarde passer, ils les insultent aussitôt, elle surtout, Ça pue entre tes cuisses, alors le conducteur jaillit de sa voiture, et malgré les suppliques de sa femme qui lui demande de ne pas bouger, il attrape un gamin par le col et lui met son poing dans la figure, puis un autre, un policier se rue sur lui, le plaque sur le capot, lui demande son nom, son adresse, le somme de remonter en voiture et de circuler. Une ambulance arrive toutes sirènes hurlantes, brancardiers et infirmiers se penchent sur l'homme dont le sang a dessiné une tache ronde sur le sol, à la façon qu'ils ont de le déposer doucement sur le brancard Howard se dit qu'il n'est pas mort. Ils repartent. Toutes les artères menant au parc sont désormais bloquées. Howard remonte Spring Street, décidé à retourner vers l'est par les rues plus reculées. Partout le trafic se fait au ralenti. Partout c'est l'affrontement, des hommes à terre ou sur le point de tomber. Sur Vandeventer Avenue, un grand type sort de sa voiture. Il reçoit immédiatement des cailloux. Howard sur le trottoir tâte sa poche, son couteau est à l'intérieur.

— Déguerpissez ! crient les lanceurs de pierres.

— On a le droit d'être là, on est des citoyens américains, réplique le conducteur.

— Il y a une émeute raciale là-bas et si vous vous barrez pas, vous allez vous faire tuer.

D'autres arrivent qui agitent des battes et des briques avec l'ardeur d'une milice, s'ils avaient des flingues, ils ne feraient pas plus peur. Les lanceurs de pierres tentent de les calmer, Laissez-les ! Ils s'en vont et puis ils sont là avec leurs petites copines. Mais les battes ne sont plus qu'à quelques centimètres du conducteur et de son copain sorti de la voiture à son tour, ils sont comme suspendus avant la frappe, quand trois policiers arrivent.

— Des problèmes ? demandent-ils au conducteur.

— Non, comme vous pouvez le voir, tout va bien !

— Mais bordel de merde, qu'est-ce que vous venez foutre ici ! hurle un des policiers.

Il intime aux deux hommes l'ordre de remonter en voiture. Les battes restent en l'air sans penser une seconde que la police pourrait s'en prendre à elles, c'est qu'il n'y pas d'autre logique à la scène que celle décrétée par le temps et les habitudes, les agresseurs ne bougent pas, une femme alertée par le bruit les rejoint, sèche comme une trique avec des airs de mère de famille débordée, elle leur ordonne de cogner d'une voix haut perchée puis sort un pistolet de sa poche, sans s'inquiéter elle non plus des trois agents qui sont là. D'une main, un des policiers lui fait tout de même signe de se calmer. Les deux hommes remontent dans leur voiture et démarrent. La femme garde son arme, les autres leurs briques et leurs battes, les policiers s'en vont, alors le groupe se reforme dix mètres plus loin, marche en dessinant des cercles à la recherche d'une nouvelle proie, ce sera Howard qui recule vers Natural Bridge Avenue, et accélère, mais ils le poursuivent, le rattrapent, l'encerclent, l'injurient, Sale nègre, sale bâtard, t'as pas trempé ton cul dans notre flotte au moins ? Il voudrait dire que si, il voudrait se battre, en frapper un lui ferait du bien, mais il ne dit rien. Les voilà qui cognent, du pied, du poing, qui comptent les coups à voix haute, chacun son tour en répétant la question, T'as pas trempé ton cul dans notre piscine ?, T'as pas trempé ton cul dans notre piscine ? Réponds !! Howard a la lèvre qui saigne, les mots qui en sortent le condamnent, il finit par dire qu'il a même pissé dedans, alors les coups redoublent et déferlent,

Howard tombe, il a juste le temps de sortir son cran d'arrêt, la lame brille dans les yeux de ses agresseurs, elle ne les effraie pas, ils sont trop nombreux, ils lui tombent dessus, coups de pied et de batte s'enfoncent dans le corps d'Howard, sa lame pénètre quelque part, à l'aveugle, le sang coule et autorise tout dans cette mêlée où l'on ne distingue même plus le corps d'Howard enseveli sous les brutes, bientôt le couteau se retourne contre lui, transperce sa cuisse, il hurle de le laisser, il suffoque, il appelle son père, puis plus rien, les coups dans son crâne le projettent loin de son corps, il perd connaissance.

Mary Lee tombe de l'arbre a peu près au même moment. La lumière décline, bientôt la nuit va tomber, il y a encore du monde dans le parc, des gens qui s'en vont aux matchs et s'arrêtent en chemin pour ne rien perdre du spectacle de la ville qui s'embrase. Six ligues de base-ball sont en compétition ce soir, il y a aussi un match de hard-ball et cinq de soft-ball, ça en fait des gens de sortie dans la ville, une foule curieuse et passive, des appels au meurtre, Tuons ces bâtards de Noirs, des policiers qui dispersent, et le ballet des sirènes hurlantes qui n'en finit pas. L'une d'elles escorte Howard vers le Homer G. Phillips Hospital, c'est là qu'on soigne les gens de couleur. Mary Lee tombe sans un cri, ses mains ont lâché, ne sachant plus quoi faire, sa chute fait un bruit sourd, une bande d'adolescents se retourne, s'approche, se penche, ricane nerveusement et confusément, bras ballants le long de leur corps balourd de quinze ans. Ils laissent passer le policier qui s'agenouille, vérifie le pouls et les pupilles de l'enfant, et fait immédiatement appeler une ambulance.

C'est là qu'elle a repris connaissance, sous le bruit et le bleu du gyrophare, elle a donné son nom, son adresse, ils ont bandé sa cheville, noté qu'elle était choquée mais pas grièvement blessée, et ils l'ont déposée chez elle. Son père n'était pas là, il errait dans la ville à la recherche de ses enfants. Sa mère était comme une statue devant la maison, elle attendait, indifférente à tous les bruits qui ne soient pas son fils ou sa fille. Elle a ouvert les bras en voyant l'ambulance s'arrêter, elle a crié quand le brancardier est sorti en portant Mary Lee, il lui a expliqué qu'elle était tombée d'un arbre où elle s'était réfugiée, qu'elle avait l'air d'aller bien, qu'elle serait mieux soignée chez elle qu'à l'hôpital totalement débordé par les événements. Il a dit de venir tout de même si elle vomissait. La mère a passé un bras sous ses genoux et l'autre dans son dos, posé sa tête sur son épaule, elle a marché jusqu'aux marches de la maison, elle s'y est assise en serrant Mary Lee contre elle, en l'embrassant comme elle n'osait plus le faire ces derniers mois, en la grondant doucement, Je t'avais dit qu'il ne fallait pas aller là-bas, c'est pas pour nous. Le grand-père les a rejointes avec une tasse remplie d'eau, au cas où elle ait soif, il s'est assis à côté d'elles, figurant résigné et silencieux d'une histoire qui ne le surprend plus. Mary Lee n'apparaît pas sur le bilan publié le lendemain.

Son père l'a lu à voix haute, en criant presque, pour être sûr que tout le quartier sache sa colère : huit personnes ont été arrêtées au soir des émeutes, dont cinq Noirs, dont Howard. Les policiers sont allés à l'hôpital, ils l'ont accusé d'incitation à la violence et d'agression à l'arme blanche. Il n'a pas réellement entendu, ni réalisé ce qu'on lui disait, en plus du traumatisme crânien, des côtes cassées, de la plaie profonde sur sa jambe, il a les tympans crevés. Le grand-père songe au trombone posé dans la chambre d'Howard, c'est le sien, celui du brass band, il l'a offert à son petit-fils, lui n'avait plus assez de souffle. Mais Howard n'a plus d'oreilles, lorsqu'il tente de parler, il crie puisqu'il ne s'entend pas. Et il pleure ensuite. Le grand-père songe aussi à ces soirs où il partageait les aventures de Shine avec ses petits-enfants, il est heureux de leur avoir transmis ça, il n'a finalement que des horreurs, des blagues ou des silences à leur offrir, il ne sait pas assembler les mots autrement, la vie lui a appris à faire comme ça. *Sauve-moi, sauve-moi, Shine !* hurlait Howard. Mais c'était pour rire.

Le *Globe* raconte que dans un souci d'apaisement le procureur a refusé tous les mandats d'amener. Howard n'a donc rien à craindre. Quatre Noirs et deux Blancs accusés de troubles à l'ordre public sont passés devant la cour municipale et ont été relaxés. Un Blanc a été accusé d'insoumission à la police, il a plaidé coupable et payé une amende de 5 dollars. La voix du père faiblit, la suite ne les concerne plus, ce sont des questions de Blancs, ils cherchent des coupables, ils accusent les hooligans, les voyous, les fascistes, les meneurs du Ku Klux Klan. Il sait bien, lui, que si son fils aîné est à l'hôpital, si sa petite Mary Lee est prostrée depuis hier, c'est parce que le monde entier est contre eux. Et le *Globe* lui donne raison. Le journal explique que si les événements de Fairground Pool ont bien été déclenchés par des voyous, ça ne veut pas dire que la majorité silencieuse n'est pas d'accord avec eux, elle reste hostile à la baignade mixte dans les piscines.

Darst, le maire, pense la même chose. Il a annoncé dans la soirée que la ville retournait à la politique de ségrégation. Il a promis de faire construire rapidement une piscine découverte pour les Noirs. Et à la presse qui lui redemandait ce que signifiait la phrase d'O'Toole, il a cette fois parlé clairement, il a dit qu'elle était légalement juste mais inapplicable.

3 août 2010, 12 h 00

NPR (National Public Radio)

Ce que ça m'a fait ? Mon cœur s'est serré, l'information se répandait directement en moi, la scène aussi, un combat de quelques secondes, un combat perdu d'avance. Je n'y étais pas et pourtant j'y étais. Je ne sais rien de l'histoire de ces enfants, et pourtant je pourrais vous la raconter. Leur vie obéit à une loi statistique contre laquelle je me bats, un enfant noir a trois fois plus de risques de se noyer qu'un enfant blanc. *J'ajouterai un chiffre, professeur, 60 % des enfants afro-américains ne savent pas nager. Pourquoi ? C'est le sujet de notre émission. Aux auditeurs qui nous rejoignent, je rappelle que nous revenons ce matin sur le drame survenu hier dans le nord-est de la Louisiane. Six adolescents sont morts noyés dans la rivière Rouge, chacun voulait sauver l'autre, aucun ne savait nager. Avec nous pour en parler, madame la professeur Stinsen, en charge des sports à l'université d'Hampton. Vous pouvez nous appeler au 202 842-3522, nous faire part de votre témoignage, de votre avis, de vos questions, vous pouvez aussi participer à notre forum sur Internet, si votre intervention n'est pas reprise à l'antenne. Écoutons maintenant le reportage de notre envoyé spécial.* Il est 17 heures, hier à quelques kilomètres de Shreveport, quand le jeune Dan, qui se promène avec des amis, entend des hurlements et des appels au secours venant de la rivière. Sept adolescents sont en détresse dans l'eau. Sur la plage, les mères et les grand-mères crient, les plus petits pleurent. Dan plonge, nage vers un garçon, il l'attrape, passe son bras sous ses aisselles, l'emmène vers le bord et le dépose sur le sable. Marcus, dix-sept ans, est sauvé. Dan replonge aussitôt mais en vain. *Tout allait si vite, j'ai voulu attraper un autre garçon plus jeune je crois, mais il m'a glissé des doigts, il partait déjà vers le fond. C'était comme une épave qui plongeait.* Dan est blanc et hispanique, il a pris des leçons de natation quand il était petit. Ce n'était le cas d'aucun des enfants qui sont morts hier. Leurs mères ne savaient pas nager, elles ont vu périr leurs enfants sans pouvoir bouger. Cette plage n'était pas surveillée mais ils venaient souvent là, à plusieurs familles, se rafraîchir, se détendre et faire griller de la viande sur le barbecue, tant il fait chaud ici l'été. Il semble que cette fois les courants les aient entraînés vers un trou de plus de sept mètres de profondeur. L'un d'eux a perdu pied, a appelé au secours, son frère s'est précipité pour l'aider, mais s'est retrouvé en difficulté lui aussi. Et ainsi de suite, un cousin, un frère, une sœur, tous ont voulu sauver l'autre et ont sombré. Il a fallu de longues heures de recherches aux plongeurs pour retrouver les corps. Ils les ont localisés à une dizaine de mètres de là où ils avaient disparu, gisant par plus de neuf mètres de fond. La nuit était tombée lorsqu'ils les ont sortis. Il s'agissait des enfants de deux familles voisines, Wes Baker, seize ans, Deborah Baker, quinze ans et Jonah Baker, treize ans, étaient frères et sœur. Jason King, dix-huit ans, Will et Garett King, seize ans, étaient frères et cousins. Tous seront inhumés à Shreveport.

Professeur, saviez-vous quand vous avez commencé à enseigner qu'il y avait une telle disparité raciale dans la capacité à nager, enfin pas la capacité, mais sur le fait de savoir nager ? J'avais entendu des choses à ce sujet. Mais à Hampton, année après année, j'ai pris la mesure du problème. Mes étudiants et les recherches que j'ai pu mener m'ont fait comprendre les dégâts des stéréotypes. Le manque de représentation d'Afro-Américains sachant nager a de lourdes conséquences. *Que voulez-vous dire par là ? Que les jeunes Noirs ont eux-mêmes intégré ce mythe qui veut qu'ils ne puissent pas nager ?* Absolument. Leurs parents n'avaient pas accès aux piscines et ils ne leur ont pas appris à nager. Ils leur ont transmis leurs craintes, leur idée que l'eau n'est pas faite pour eux, dangereuse même. Dans tous les États-Unis, beaucoup d'enfants noirs grandissent en pensant qu'apprendre à nager n'est pas une priorité. À Hampton, j'ai eu des étudiants qui se baignaient pour la première fois. À certains, on avait dit de ne pas s'approcher de l'eau. J'ai eu aussi des étudiants qui avaient de très mauvais souvenirs, des frayeurs dans une rivière ou une piscine quand ils étaient plus jeunes, ou bien des traumatismes transmis simplement par le récit de parents ou de grands-parents. *Nous allons maintenant prendre les questions et les témoignages de nos auditeurs qui sont nombreux ce matin à appeler. Nous avons une auditrice en ligne, Jackleen, de Boston, c'est à vous, Jackleen.* Bonjour et merci de me donner la parole. Je me rappelle il y a sept ou huit ans, au lycée, nous avions un cours de natation et une fille de notre classe a expliqué au prof qu'elle ne voulait pas mettre la tête sous l'eau. Il lui a demandé si elle avait peur, elle lui a répondu que non, elle venait juste de faire sa coiffure, elle a dit que ça coûtait cher, qu'elle l'avait faite en vue d'un événement particulier le week-end suivant et qu'elle risquait de tout abîmer en se mouillant la tête. Je ne suis donc pas sûre qu'il faille toujours tout ramener au racisme. Les filles noires ont des coiffures compliquées, c'est plus important pour elles que d'aller dans l'eau. *Professeur, vous nous disiez tout à l'heure combien certains étudiants afro-américains ont intériorisé l'idée que l'eau n'était pas faite pour eux ?* Absolument, le premier jour d'une classe de natation, chaque semestre, j'ai toujours des étudiants qui me disent qu'ils aiment bien l'eau mais qu'ils ne flottent pas. Alors nous parlons. Les premières heures de cours sont consacrées à parler, ce qui n'est pas le propre d'un cours de sport, je vous l'accorde, mais nous devons évacuer un par un ces stéréotypes. Moi aussi, je vois des étudiantes qui ont peur pour leur coiffure, ce n'est qu'une barrière supplémentaire entre elles et la natation, les stéréotypes sont si forts qu'ils ont fini par en faire des sensations, des réalités. *Mark est en ligne de Los Angeles, allez-y, Mark...* Je viens d'entendre ce que dit madame le professeur, mais moi on ne m'a toujours pas prouvé le contraire, je veux dire que les Blancs flottent mieux. Je ne dis pas du tout que les Noirs ne peuvent pas nager, ils peuvent, mais leur masse osseuse et musculaire est plus lourde, ça leur demande un effort plus grand de nager. Les Blancs sont favorisés, ça se voit au niveau de la compétition. Et puis, j'en ai marre d'entendre dire que les Noirs ne savent pas nager à cause du manque de piscines, moi j'ai appris dans la rivière à Detroit, elle est suffisamment grande pour permettre à toute la ville de nager. *Professeur, au risque de vous répéter ?* Monsieur, le poids de ces enfants, la taille de leurs biceps, la longueur et la largeur de la rivière où ils se baignaient, n'ont aucune importance. Il suffisait de leur apprendre à nager pour qu'ils nagent. Ce qui pèse lourd, c'est la peur. Quand des étudiants rentrent dans l'eau pour la première fois, nous attachons des bouées à leurs bras, plus qu'il n'en faut, juste pour les rassurer, et puis de moins en moins. Au bout de plusieurs séances, vient le moment de mettre la tête sous l'eau, c'est une réelle épreuve pour certains. Mais lorsqu'ils émergent, ils ont dans les yeux une expression incroyable dont je ne me lasse pas : ils ont conquis un élément. Alors lorsqu'ils finissent par nager, c'est comme s'ils savaient voler. *Nous avons Edward en ligne, qui appelle de Chicago. Edward, c'est à vous.* L'autre jour j'ai accompagné mon fils à sa leçon de natation, et comme chaque fois je me suis assis sur le côté. Là j'ai réalisé qu'il était le seul enfant noir dans l'eau, pourquoi ce jour-là plus qu'un autre, je ne sais pas. En tout cas quand je suis rentré à la maison, j'ai regardé les statistiques sur Internet, les mêmes que vous avez dites tout à l'heure, 60 % des enfants noirs ne savent pas nager. Il y a beaucoup d'explications à ça, et vous avez raison, madame, c'est l'héritage de l'esclavage, de la ségrégation, de la pauvreté. Quand les Européens sont arrivés en Afrique de l'Ouest, ils ont découvert des peuples qui nageaient, les hommes, les femmes et les enfants, depuis tout petits, dans les rivières et le long des côtes, les Africains étaient de grands nageurs. Mais l'esclave qui nage est devenu l'esclave qui s'enfuit ! Et donc passible de mort. La peur s'est transmise de génération en génération. Moi, mes parents ont fait en sorte que j'apprenne à nager, et je fais de même avec mes enfants, je veux qu'ils aiment l'eau ! *Professeur, on se rend compte à travers ce drame, mais aussi à travers les questions et les polémiques qu'il engendre, que l'esclavage reste très présent dans la construction des identités américaines, noire comme blanche.* Cette masse musculaire, dont nous parlent encore vos auditeurs, vient de là ! Le système esclavagiste réclamait du muscle, du résultat, du rendement, et en même temps redoutait la force de sa créature. Il consistait à contrôler le corps de l'homme noir, à le bestialiser, par des règles mais aussi par des représentations, le Noir dangereux, le Noir qui potentiellement viole les femmes blanches. Après l'abolition, la répression du corps noir a continué et l'interdiction d'entrer dans l'eau en faisait partie. L'eau est un lieu de promiscuité, de regards, de frôlements, c'est un lieu où l'on se déshabille, où les uniformes et les mensonges tombent, c'est un lieu de vérité, de nudité, et donc de sexualité. Il a fallu du temps pour mélanger hommes et femmes dans l'eau et nous y sommes parvenus, mais il a été impossible de mélanger Noirs et Blancs. Car le Noir aurait pu apparaître pour ce qu'il est : un homme. *Merci, professeur. Nous avons Marvin en ligne, Marvin qui nous appelle de Seattle.* Bonjour, je suis tout à fait d'accord avec ce que je viens d'entendre. Je voudrais juste mettre un mot sur ce que racontait à l'instant madame le professeur, ça s'appelle la castration.

Pendant des siècles, on a castré l'homme noir, physiquement d'abord, puis socialement, il a du mal à trouver du travail, à nourrir sa famille, à jouer son rôle de père. Résultat, si j'ai bien écouté votre reportage, il n'y avait pas d'hommes sur la plage, juste des enfants qui n'étaient pas encore des hommes et ne savaient probablement pas comment le devenir. Ils se sont noyés dans le fleuve, pour d'autres ce sera les rues ou les prisons. *Merci Marvin. Le professeur dit oui de la tête. Michael est en ligne, Michael, vous m'entendez ?* Vous dites qu'ils fréquentaient souvent la rivière. Ce qui veut dire que les parents n'avaient jamais parlé des dangers à leurs enfants. Ou bien qu'ils prenaient du bon temps autour du barbecue et qu'ils étaient trop occupés pour surveiller leurs gosses. J'en ai marre que vous nous sortiez la carte raciale, alors que cette histoire a simplement à voir avec la responsabilité parentale. Marre que vous vous serviez de cette tragédie pour nous refaire le coup de la culpabilité blanche. *Michael, ils n'avaient même pas eu le temps d'allumer le barbecue. Peter, c'est à vous, Peter, vous m'entendez ?... Peter, vous appelez de Louisiane, allez-y...* Je vais vous raconter à quoi ça ressemble six gamins noirs au fond de la rivière, je vais leur dire, aux salopards qui demandent combien ça pèse dans l'eau un Noir, qu'ils étaient légers quand on les a ramassés au fond, c'était des enfants, des mômes. *Peter, vous étiez là-bas hier soir ?* On aurait pu attendre que les corps remontent, ils finissent toujours par remonter, mais il fallait faire quelque chose, il y avait ces femmes qui hurlaient sur la berge, elles appelaient, les petits frères et les petites sœurs aussi, j'entends encore les noms, Jonah. Deborah. Jason. Wes. Garett. Greg. Ils appelaient alors qu'il n'y avait plus rien depuis longtemps à la surface du fleuve. Mais ils ne pouvaient pas réaliser ce qui venait de se passer, nous non plus d'ailleurs. De toute ma vie de sauveteur, j'ai jamais vu ça. Alors on a plongé. On savait bien qu'il n'y avait plus rien à faire, mais on a plongé quand même. On ne voit rien dans ces eaux-là, monsieur, rien du tout, pas une ombre, pas un caillou, rien. On a fait comme d'habitude, on a déroulé nos cordes au fond, on a dessiné des carrés et on a cherché à l'aveugle, du bout des doigts. J'avais pas envie de trouver ce que je cherchais, pas envie si vous saviez, mes mains avançaient dans le périmètre, je les posais l'une après l'autre, elles s'enfonçaient, fouillaient la vase, rien que de la vase, quelques plantes qui rampent, des déchets, rien, le trou du cul du monde je vous dis, toute notre merde, tout ce qu'on s'achète et qu'on jette, nos vies à crédit. Pendant une heure on n'a rien trouvé, on a déplacé nos cordes, dessiné un autre carré, rien que de la vase qui fuyait sous nos doigts, comme si là, au fond de l'eau froide, on sentait tourner la Terre. Parfois le courant emmène loin les noyés. On a tellement cherché avant de les trouver que la nuit est tombée. *Peter, vous étiez l'un des sauveteurs hier soir ?* Y a des gros cailloux, quand vous les touchez, pendant quelques secondes vous pensez à un corps, parce qu'il est déjà là dans votre tête et que vous avez peur de le rencontrer, et puis non, les cailloux n'ont pas de bras que le courant soulève et qui se tendent vers vous, car vous savez, non vous ne savez pas, vous ne saurez jamais, quand vous approchez un cadavre, parfois, il a l'air de vous tendre les bras. C'est moi qui ai trouvé le premier, on avait fait trois carrés déjà, on n'entendait plus rien de la panique sur la berge, c'était calme au fond. Un garçon. Il était léger, bande de salopards, on est tous plus légers au fond de l'eau, c'est la loi, qu'on soit blanc, noir ou hispano. Ça devait être le genre de gosse champion sur le terrain de foot ou de basket, il était fin mais des muscles tout frais lui poussaient sur les bras, les épaules, il allait grandir encore, il portait une dent de requin ou d'alligator autour du cou le petit bonhomme… J'aurais voulu ne jamais le retrouver, me dire qu'il était sorti ailleurs un peu plus loin, qu'il allait rentrer à pied, fuguer même, on est comme les parents dans ces cas-là, on inventerait n'importe quoi. Je suis remonté à la surface avec le corps, j'ai nagé sur le dos, lui sur moi, tout contre moi, mon bras sur sa poitrine immobile, sa tête posée sur mon torse, je ne le regardais pas, mais les lumières sur la berge m'ont laissé voir les courbes de ses joues encore rebondies, les longs cils de ses paupières fermées. J'ai nagé un petit moment, le camp de secours n'avait pas été installé sur les lieux du pique-nique, on fait toujours ça quand on sait qu'on ne remontera personne vivant. Mais tandis que je nageais, une femme m'a vu, elle a remarqué la masse sur moi, elle s'est mise à marcher le long de la berge, de plus en plus vite, elle me suivait, elle criait, et lorsque je suis arrivé au poste, elle était là, je portais Jonah, c'est par elle que j'ai appris le prénom du petit bonhomme avec sa dent de requin, elle l'a crié si fort que je ne l'oublierai jamais. Je ne l'ai pas regardée, j'ai pas pu, j'ai déposé le corps et je suis retourné au fond, c'était si calme, presque mieux, pas de cris, pas de larmes si ce n'est les nôtres, mais on ne les sent pas, on trempe... *Peter, permettez-moi...* Et ensuite j'ai trouvé la petite fille. J'ai tout de suite su que c'était une petite fille, parce qu'il y avait des perles dans ses cheveux, ça a l'air de vous intéresser, les coiffures des filles, hein ! Elle avait des nattes plein la tête, ça avait dû lui prendre des heures de faire ça, elle voulait être belle, elle avait une fête ou un amoureux, ou rien de tout ça, elle espérait juste que ça arrive. Je les sens encore, ses tresses entre mes doigts, comme des guirlandes, j'ai cru à une petite sirène, j'ai passé ma main sous sa nuque, mon bras sous ses genoux, ça me répugnait et en même temps j'avais envie de la serrer contre moi, je faisais attention à elle comme si j'allais la sauver, comme si elle allait vider ses poumons, tousser, cracher et ouvrir les yeux une fois à la surface, comme si on était dans un conte et que moi j'étais le chevalier, on l'aurait enveloppée dans une des couvertures de survie qu'on avait emportées, on l'aurait réchauffée dans du papier doré. Mais elles n'ont servi qu'aux mères, aux grand-mères et aux tout-petits, les couvertures. Ils tremblaient tous. Ça manquait d'hommes là-dedans. Les corps, on les a mis dans des housses. Des housses trop grandes pour eux. Ils n'arrivaient pas au bout. Et puis il y a eu le bruit sec des fermetures qu'on referme, les unes après les autres, parce qu'on les a tous remontés en même temps, les enfants, ils étaient dans le même carré, comme s'ils étaient tombés dans un piège. Ils n'avaient aucune chance. PUTAIN, VOUS COMPRENEZ PAS QU'ILS N'AVAIENT AUCUNE CHANCE ?! Ils ont crié, ils ont appelé, agité les bras à ce qu'on m'a dit. C'est pas ce qu'il fallait faire, il faut garder toutes ses forces pour maintenir la bouche hors de l'eau et respirer, battre des pieds et des mains contre le fond. Si ça s'était passé comme ça, il y aurait sûrement eu moins de morts, mais ils savaient pas, personne leur avait appris, c'était des frères et sœurs, des copains soudés, des pauvres gosses courageux qui avaient grandi ensemble au bord de cette fichue rivière, ils se sont tendu les bras, se sont peut-être touchés, ça a dû aller si vite. On apprend dans notre métier que dans une eau comme celle-là, sans vagues, un adulte peut rester à la surface soixante secondes. Pour un tout petit enfant, c'est vingt. Je sais pas dans quelle catégorie on les range, moi dans mes bras j'avais des enfants. On dit aussi qu'avant de mourir le noyé revoit défiler sa vie pendant trente secondes, je sais pas d'où on les tire, ces chiffres-là, les noyés, ils racontent pas. Elle était courte la leur de vie, ils n'ont pas dû voir grand-chose, j'espère que c'était des belles choses, y en a pourtant pas beaucoup, de belles choses, par ici, surtout pour des enfants comme eux qui vivent dans une de ces maisons branlantes comme y en a tant dans le coin. À quoi ils ont pensé ? Oh, Seigneur, j'ai mal aux bras, depuis hier j'ai mal, ils sont encore là, je les sens, je les ai sur les bras, les mômes. C'est pas leur masse musculaire qui me fait mal, bande de connards, c'est leur enfance engloutie par le noir et la vase, leurs grands yeux que je n'ai pas vus et qui me regardent maintenant, qui me demandent pourquoi j'arrive trop tard, TOUJOURS TROP TARD… *Peter, c'est terriblement émouvant ce que vous nous racontez, mais je vais être obligé de vous interrompre.* Ça vous gêne que j'aie bu, ça pue l'alcool dans le poste, j'espère bien, j'ai mauvaise haleine. Y a presque autant de bouteilles autour de moi qu'au fond de cette putain de rivière. Je suis pas rentré chez moi ensuite, j'ai une petite fille, une femme, j'aurais pas pu revenir, les regarder dormir, je ne suis pas rentré, j'ai bu, j'ai vomi, j'ai rebu et j'ai fini la nuit dans ma bagnole et je tombe sur vous et toute cette bande de salopards qui nous parlent des cheveux et des muscles chez les Noirs, vous savez à qui ça me fait penser, à mon père ! Il en avait, des théories dans ce goût-là, il croyait tout savoir, il travaillait à la Nord, c'est comme ça qu'on appelait le département des loisirs de La Nouvelle-Orléans, il s'occupait d'éditer la revue mensuelle, rien que des photos de petits merdeux sur des podiums avec des coupes et des médailles, j'en faisais partie des petits merdeux, avec mon frère, mon père s'arrangeait toujours pour nous mettre en photo tous les deux, lui c'était le base-ball, moi le tir à l'arc, le paternel nous disait, Débrouille-toi pour être sur le podium, il râlait si on gagnait pas, comme si on l'avait humilié, qu'on lui avait bousillé son journal. Ma mère empilait les dix derniers numéros sur la table basse du salon, elle en faisait des blocs impeccables à côté de ses napperons, son bonheur tenait là, en peu de chose, sur un coin de table, les exploits de ses fils et le journal dont son mari était le patron, avec les *negro activities* à la fin, dans les toutes dernières pages. Eux aussi ils avaient des compétitions, des médailles, mais on les regardait même pas, ça nous évitait de voir qu'ils faisaient de meilleurs chronos que nous. Et puis un jour, Washington a dit que c'était fini, les vingt pages de blancs-becs et les quatre pages de négros dans la revue de mon père, fini la ségrégation sous peine de se voir couper les vivres par l'administration de M. Kennedy, tout le monde dans le même bain ! Ça voulait dire que les Noirs pouvaient se pointer dans nos piscines, à Algiers, ou à Annunciation, c'est là que j'ai appris à nager, là que j'ai embrassé une fille pour la première fois, j'avais six ans, le moniteur jetait des assiettes en métal qu'on devait aller chercher au fond du bassin, avec Judy, on a sauté, on s'est embrassés comme des mômes, j'ai avancé mes lèvres et elle les siennes, vous vous rendez compte que j'ai eu mon premier frisson avec une fille au fond de l'eau et que maintenant j'y ramasse des enfants morts, beau parcours, hein, le parcours d'un fils de salopard ! Il était tellement heureux quand la mairie a décidé de fermer toutes les piscines plutôt que d'autoriser les Noirs à venir dans les nôtres. Tous les bassins ont fermé, ceux des Blancs et ceux des Noirs, il y avait aussi Audubon, Behrman Memorial, City Park, Leman, Fox Playground, la piscine au coin de Lafitte et de North Claiborne Avenue, une autre entre LaSalle Street et Washington Avenue, toutes fermées. Mon père enrageait contre Washington, il retenait ses mots quand il y avait du monde, parce qu'il était le directeur de la Nord et qu'il fallait avoir l'air plus intelligent que les autres, il répétait que la loi abolissait la discrimination mais ne réclamait pas l'intégration, un truc d'avocat qu'il avait entendu, mais à la maison, il disait juste, Nous emmerdent, ces négros. Ça a duré près de trois ans. Et pas que chez nous, à Biloxi et à Bâton-Rouge aussi les piscines ont fermé. À l'été 1966, on les a rouvertes. Il n'y en avait plus que neuf sur les dix-sept et personne n'avait envie de se mélanger. Les Blancs les plus riches avaient fait construire des piscines privées, les Noirs s'étaient dit que la flotte c'était dangereux et de toute façon le Klan menaçait de tout faire sauter. Le mieux dans l'histoire, c'était les bassins abandonnés, ils sont devenus des lieux de rendez-vous, de drague et de dope, c'était tagué de partout, on écrivait des conneries, des mots d'amour qu'on pouvait dire à personne ou des saloperies, on se rendait compte de rien, on avait fini par oublier ce que ça voulait dire, une piscine sans flotte, une piscine sans flotte c'était une piscine sans nègres, mais on se posait pas de questions, on voulait pas, on y emmenait les filles, on les embrassait dans les angles, contre l'échelle c'était encore mieux, elles s'asseyaient sur les barreaux, les jambes légèrement écartées, on les tripotait, elles voulaient rester vierges jusqu'au mariage, mais du coup elles faisaient de ces trucs… Et nous on bandait dans les piscines sans nègres. Un soir, deux flics nous ont surpris, ils nous ont ramenés chez nous et ne se sont pas privés de raconter notre petite soirée à nos parents. Ma mère a pris un de ses airs outrés. Mon père m'a dit en douce, J'ai dû renoncer au bordel très vite et j'en suis pas plus fier. La piscine, ça lui faisait penser au bordel à soldats, les filles à des putes. Je déteste mon père. Mais j'aurais pu lui ressembler. Quand je suis devenu sauveteur, il a trouvé ça minable, d'autant que deux fois sur trois c'est des Noirs que je sors de l'eau. Vos statistiques, j'en ai pas besoin, j'ai les miennes depuis longtemps. Trente ans que je bosse. Souvent les gars s'arrêtent avant, passé quarante-cinq ans ils décrochent, ils en ont marre qu'on les sorte du lit en pleine nuit pour plonger dans l'eau froide et rapporter un cadavre. Moi j'arrête pas, je suis le plus vieux de l'équipe, j'arrêterai quand on me le demandera. Je continue. À la rivière, il y avait une vieille, elle était entrée dans l'eau avec sa blouse, elle y était jusqu'à la taille, elle avait une voix aiguë de petite fille, elle appelait Howard, c'était peut-être le nom qu'elle donnait à l'un des gosses, un surnom, parce qu'y en avait pas d'Howard sur la liste, je la connais par cœur et dans l'ordre où on les a retrouvés. Jonah. Jason. Wes. Deborah. Garett. Greg. Moi j'ai pris Jonah et Deborah dans mes bras, j'ai fait doucement même s'ils étaient morts, j'ai gardé ma main sous leur tête lorsque je les ai déposés dans les housses, comme s'ils pouvaient encore se faire mal, j'ai fait attention à eux comme s'ils étaient mes propres enfants. Je chiale, vous entendez, bande de connards, je chiale ! Y a plus personne, hein ? Je parle dans le vide, je le sais bien, j'entends la musique dans le poste. VOUS ME PRENEZ VRAIMENT POUR UN CON ?!

Non, Peter, je vous écoute. Vous n'êtes plus à l'antenne, c'est vrai, l'émission est terminée, mais je vous écoute, je suis là.

Ne reste pas dans les draps de Jonah, Marcus. Je vais les nettoyer.

Le révérend a dit pendant la messe, Il y a ici parmi les meilleurs enfants du monde. Ça vaut aussi pour toi, Marcus. Ne reste pas dans les draps de Jonah.

Aujourd'hui le maire n'est pas venu frapper à notre porte. Ni ses adjoints. Ni le shérif. C'est mieux. Chaque fois qu'ils viennent, c'est la mort qui entre encore une fois. Quand nous étions vivants, jamais ces gens-là ne venaient chez nous. Ils ne nous connaissaient pas.

Les fleurs jaunissent devant la moustiquaire. C'est signe que le temps passe. Comme le maire qui ne vient plus. Je ne sais pas combien de jours ça fait exactement. Je vais nettoyer les draps de Jonah, Wes et Deborah, je vais ranger leurs affaires, je vais laver Vickie, je vais aller acheter à manger, je vais faire une soupe. Et je vais retirer toutes ces fleurs que les gens ont déposées devant la maison.

Le révérend a dit encore, Quand on pense aux enfants idéaux, ces enfants leur ressemblent. Ça vaut aussi pour toi, Marcus. Mais tu n'écoutais pas, tu restais debout contre le pilier de l'église, tu tirais sur ta chemise comme si elle te démangeait, je crois même que tu détestais Dieu, et puis le garçon qui t'a sauvé. Il était là parmi les bancs du fond, c'était l'un des rares visages blancs de notre assemblée. Je ne te demande pas d'aimer Dieu maintenant, moi aussi je lui en veux et je le lui ai dit. Mais ce garçon t'a sauvé la vie. Et tu ne dois pas le lui reprocher.

Je vois mon reflet dans la télé, mes genoux, ma blouse, mes coudes sur mes genoux, ma tête entre mes mains et le papier doré qu'ils nous ont donné sur la plage. La télé est éteinte. C'est que vous n'êtes plus là. Vous êtes à l'intérieur. Les journalistes sont venus avec leurs micros et leurs caméras. Ils sont arrivés en même temps que les secours. Le soleil n'était pas encore couché, il étirait nos ombres, il les faisait très grandes, il n'y avait plus d'adultes, plus d'enfants, plus que le fleuve qui digérait nos petits et des larmes qui roulaient sur nos joues. Dana a dit aux journalistes, C'est horrible de voir mourir ses enfants et de rien pouvoir faire pour eux. Elle sanglotait. La télé aime ceux qui ont vu la mort, elle est inscrite dans leur pupille. C'est la dernière fois que je l'ai entendue parler. Toi, Marcus, tu as murmuré dans un micro, J'ai avancé et j'ai commencé à me noyer.

Moi je n'avais rien à leur dire. Je vous cherchais. On dit que l'ombre d'un noyé reste toujours sur l'eau à le guetter.

Je sens le dos de Deborah contre mes jambes, ses nattes entre mes doigts, nos cheveux comme la laine, ils nous lient mères, filles et petites-filles, ils nous relient même aux reines que nous ne nous rappelons pas avoir été, de longues nattes comme celles que nous faisons courent, paraît-il, dans leurs cercueils antiques. Mais il y a trop de temps et un vaste océan entre nous et ce qui précède. Là-bas les coiffures parlent, elles disent la fillette, la jeune fille, la mariée, la jeune mère, la femme qui a perdu son enfant, la veuve, elles racontent l'amour, la déception, le déshonneur, le deuil, tant de choses… Tu avais les nattes perlées d'une jeune fille, Deborah. Que faisais-tu dans l'eau ? Après quoi ou après qui courais-tu ? Nous étions les femmes et les enfants au bord de l'eau et ta place était avec nous.

Carlos est venu. Il a poussé la porte, il m'a fait son sourire triste et s'est assis à côté de moi. Nous étions deux dans la télé et le papier doré des survivants lui allait bien. Il a fini par dire, Des fois, quand j'étais là-bas, je cherchais une belle image, la plus belle qui soit. Celle que j'aurais voulu emporter. Ils ont peut-être fait pareil. J'ai entendu à la radio qu'ils avaient vu passer leur vie en trente secondes. Ils ont vu quoi ?

— Je ne sais pas. Et c'était quoi ?

— Quoi ?

— Ta plus belle image ?

— Y en avait plusieurs. Selon les jours. Y avait une jolie fille que j'aime bien, une course de vitesse que j'ai gagnée, à l'école y a longtemps, un plateau d'écrevisses avec des pommes de terre et du maïs, et aussi le jour où mon père a gagné au loto, j'avais neuf ans, il nous avait emmenés au restaurant et au bowling avec ma mère. Pour Wes aussi, il y a eu une fille…

— Je ne sais pas.

Et puis Carlos est sorti. Le portable de Wes est sur la table. Il contient ce qu'il ne disait pas. Il s'est éteint tout seul.

Hier, j'ai regardé la voiture des King s'en aller. Ils ont fermé la maison. La même que la nôtre, une qu'on ne regrette pas, un cube de planches blanches et un jardin négligé. On ne comprend jamais comment ces baraques minuscules peuvent contenir autant de gens. Ils vivaient à sept à l'intérieur. La banquette arrière de leur Ford était vide hier. La petite Louise était montée sur les genoux de la grand-mère à l'avant. Elle avait peur de l'absence à côté d'elle. Elaine a tourné la tête vers chez nous avant de démarrer, elle a sûrement pensé venir dire au revoir, mais c'était trop dur d'approcher. Ils partent s'installer à Atlanta. Ils ne reviendront pas.

Je suis allée vers la chambre de Dana, j'ai ouvert la porte, je suis restée sur le seuil, j'ai regardé son corps en chien de fusil qui oublie de respirer, Vickie nichée au creux de son ventre, les papiers dorés qu'ils nous ont donnés sur la plage qui brillent encore entre les draps. Le lit dans la pénombre ressemble à une île et elles, à des naufragés. J'ai pensé m'allonger tout contre Dana, ma fille au creux de mon ventre à moi, mais je n'ai pas osé, je n'ai pas bougé, j'ai dit, Repartez avec moi, ne restez pas ici. Dana n'a pas répondu mais je sais qu'elle m'a entendue. J'ai refermé la porte de sa chambre. Je suis retournée sur le canapé au cas où Marcus se lèverait. J'y suis encore et Marcus est toujours en boule dans le lit de son frère.

Je vais nettoyer les draps de Jonah, Wes et Deborah, je vais ranger leurs affaires, je vais plier les T-shirts, les blouses, les shorts, les jupes et les jeans. Je vais les mettre dans quoi ? Dans des valises, ce serait comme s'ils venaient avec nous. Dans des valises alors. Et nous allons partir.

Moi aussi j'ai peur de m'en aller. Ici, c'est comme un cauchemar, on peut vivre sans parler, en oubliant de manger, de s'habiller, de se coiffer. En attendant qu'ils reviennent. Là-bas, je me réveillerai.

Là-bas, ceux qui sont restés font des gestes circulaires devant leur maison en disant, C'était un quartier agréable ici. J'ai toujours fait comme eux, ce mouvement du bras qui ramasse tout, les bons et les pires moments. Ces nuits qu'Howard et Henry ont passées sur le toit avec un fusil, tandis que le Klan défilait avec ses torches dans le quartier pour nous effrayer, je gardais les yeux ouverts, j'écoutais les grondements dehors, les pas de mon frère et de mon mari au-dessus de ma tête, qui se relayaient toutes les trois heures, le temps d'aller dormir pour être en forme à l'usine le lendemain. Et ces voisins dont les yeux proclamaient, Pas de Noirs dans le quartier, les Reynolds ils s'appelaient, je les ai trouvés assis sur nos marches un jour que je rentrais des courses, père et fils, rien que des hommes face à une femme enceinte, j'attendais Dana, ils ne bougeaient pas, m'empêchaient de poser le pied et d'entrer chez moi. Mon ventre était lourd et j'ai pensé que je ne devais pas avoir peur, que le bébé à l'intérieur de moi le sentirait, qu'il aurait peur à son tour, qu'il fallait lui apprendre à se battre, alors je leur ai tapé dessus, je leur ai donné des coups de pied dans les tibias, je les ai frappés avec mon sac, ça les faisait rire, ils ont appelé la police qui m'a embarquée. Mais au commissariat, ils ont bien été forcés de reconnaître que je n'étais pas en tort, ils m'ont raccompagnée, c'était pas qu'ils tenaient à mon bonheur, ni à celui de mon bébé, mais nos hommes travaillaient dur dans les fonderies des usines qui faisaient la réputation mondiale de la ville et ils en avaient besoin. Ils ont même laissé un policier devant la maison, ce gars-là me détestait d'avoir à protéger des gens comme nous et moi ça me réjouissait l'idée qu'il se lève chaque matin en pestant contre sa mission. Je souriais quand il arrivait, comme je souriais six mois plus tard quand les Reynolds ont déménagé. J'avais été la plus forte. Ensuite, le quartier est devenu noir et on y était bien. L'été parfois on sortait les tables, le barbecue, on installait une scène au coin de Cochrane et Butternut et les musiciens du quartier jouaient. On ne sentait pas ramper le malheur sous nos pieds, on croyait qu'il était derrière nous. Henry lui savait, il était au syndicat, il avait compris qu'ils déplaçaient déjà les usines vers des lieux sans bataille, vers le sud, là où les enfants d'esclaves n'ont jamais appris à se défendre, et puis vers des pays plus pauvres et des mains plus serviles encore. À la fin de sa vie, installé sur nos marches, la voix à bout de force, les poumons en fin de course, Henry disait parfois en souriant, Tu te souviens, les Reynolds ? Il disait ça comme un vieux champion raconte son plus beau match. Ses luttes au syndicat n'avaient mené nulle part, mais rien ni personne n'avait pu nous chasser, notre maison avait résisté aux torches du Klan, aux Reynolds et aux pressions de l'économie. Elle est toujours là et je croyais que le pire était derrière nous.

Je suis entrée dans l'eau. Vos cris, les enfants. Vos lèvres cherchant l'air, vos mains tendues vers le ciel. J'ai avancé. J'ai marché dans l'eau, vers vous. Je ne pouvais rien, je le savais, j'allais avec vous. Il y a toujours un fleuve qui sépare les vivants des morts, c'était celui-là, la rivière Rouge, le moment était venu pour moi de le traverser. J'avançais vers tes perles blanches, Deborah, vous étiez comme dans la vie, dans le même ordre, à moins que ce ne soit mes souvenirs qui déjà arrangent ce qui s'est passé. Je vois Jonah derrière Marcus, Jason comme sur l'aire de jeux derrière la maison, il criait, cherchait la main de son cousin Garett, qui lui appelait Greg, comme si la belle équipe pouvait encore quelque chose, et puis Deborah qui allait vers ses frères et vers les autres garçons, et enfin Wes qui finalement vous avait rejoints. J'allais avec vous. Je ne voulais pas rester au bord avec les arbres, regarder ce qui se passe. J'ai appris à vivre sans, sans la voix chaude de mon frère, sans mes parents, sans mon mari, sans travail, sans voisins à la porte d'à côté, mais pas sans vous, je voulais que les choses se fassent dans l'ordre, moi d'abord. J'ai senti l'eau monter le long de mes cuisses, mon ventre, j'ai pensé, Je pars, et puis deux bras m'ont tirée en arrière, posée sur le sable, je ne vous voyais plus, mes enfants, j'étais de nouveau au bord avec les arbres. Marcus est sain et sauf ! ils ont crié, alors vous alliez suivre, forcément vous alliez suivre, parce que Jonah ne quitte jamais son frère, parce que Jason, Garett et Greg sont des costauds, parce que Deborah est amoureuse de l'un d'eux, parce que Wes arrive toujours le dernier en traînant les pieds. Mais le silence ensuite. Puis le bruit des secours. Et ce mot que je ne voulais pas entendre. Ils le prononçaient du bout des lèvres, parce que c'était trop d'un coup, même pour eux c'était trop. Noyés. Seul un monstre tapi au fond de l'eau peut avaler six enfants. La nuit était tombée, juste illuminée par les phares de ceux qui arrivaient, le maire, le conseil municipal, le shérif, les intendants des écoles, les journalistes, et ces couvertures dorées sur nos épaules, comme des lambeaux de robes du soir que nous n'avons jamais portées. Mme King répétait entre deux sanglots, Nous ne savons pas nager, nous ne savons pas nager. C'était comme une phrase apprise par cœur que nous aurions tous pu prononcer et qu'ils ont dû diffuser en boucle à la télévision. C'était une conjugaison. Je ne sais pas nager, nous ne savons pas nager, ils ne savent pas nager. Une conjugaison à tous les temps. Tu ne savais pas nager, Howard, et quand tu es ressorti de la piscine, tu avais un trou dans la cuisse, les tympans crevés et deux côtes cassées. Je ne savais pas nager, mais l'ambulance m'a ramenée à la maison, j'ai souvenir des bras de Maman autour de moi, de l'immense cri de soulagement de Papa quand il est rentré, j'ai souvenir du poste qu'il a branché pour écouter les nouvelles, de sa voix forte qui répétait les informations et du grand-père qui hochait la tête, j'ai souvenir de notre douleur et de notre colère, des jours qui suivirent à Saint Louis, des regards de haine, des poings qui se serraient, des grimaces et de la souffrance d'Howard dès qu'il bougeait, mais aussi du héros qu'il était devenu aux yeux des garçons du quartier. J'ai souvenir des larmes de Maman qui coulaient toutes seules au-dessus de l'évier, de sa main qui grattait les casseroles comme si sous le noir des graisses trop cuites, un retour en arrière était possible, de Papa qui venait derrière elle, l'enlaçait en silence puis s'en allait dans des réunions où naguère il n'allait pas. Je n'aimais pas ses absences mais sa rage c'était mieux que la tristesse de Maman, il avait rejoint les activistes des droits civiques, il empilait sur la table des textes, des tracts, des livres, son désordre combattait l'obsession de Maman que tout soit propre, il semblait nous dire que faire de nos chagrins, il nous montrait le chemin de la bataille et j'étais prête pour la bataille. Mais à quoi bon, Papa ?! À quoi bon ces phrases murmurées à Howard, il ne les entendait pas, à quoi bon lui dire qu'un jour tout serait plus facile ? Au siècle d'après, il y a toujours des ambulances à la sortie de l'eau et la lumière du gyrophare n'a pas ramené les enfants à la maison, là sous la galerie branlante où nous nous asseyions tous ensemble, là dans mes bras qui les attendent, là sur le canapé où je devais leur raconter l'histoire de Shine.

Il paraît qu'ils ont fait un livre de Shine et de tous les autres toasts. Il paraît qu'ils ont écouté nos vieux et leurs blagues trompe-misère avant qu'ils ne basculent dans la tombe et qu'ils les ont imprimées pour qu'elles ne disparaissent pas avec eux. Il paraît que Shine est maintenant rangé à la bibliothèque du Congrès comme la route du blues est dans les guides touristiques. Qu'ils se la mettent où je pense leur belle édition ! Shine est à nous, Shine est sur le bout de ma langue, *Dans ma famille on raconte…*, c'est par ces mots que commence son histoire et c'est à moi de la transmettre, là sur le canapé, à mes petits-enfants. *Shine, Shine, sauve-moi !*, oh, boy, comme vous rigoliez ! Vous ai-je dit que Shine a été inventé par les nôtres jetés en prison il y a bien longtemps, ils n'avaient pas de quoi se payer un avocat, alors ils tuaient le temps en inventant des histoires, des poèmes qui ne parlaient pas de couchers de soleil, mais d'hommes noirs qui ont toujours le dernier mot et les femmes à leurs genoux. Shine est de ceux-là, il parle fort, il est drôle, vulgaire, il a réponse à tout et toutes les filles qu'il veut, ce n'est pas un type franchement recommandable, elle avait raison ma mère, c'est un voyou et même un maquereau parfois, je ne vous ai pas tout raconté, mes enfants, j'attendais, mais c'est un héros puisqu'il met la vie à l'envers. Il est à nous, Shine. Nous savons rire quand nous sommes tristes et chanter quand rien ne va. Notre peur a produit de grandes choses. Alors ils nous aiment vieux, le cheveu crépu et blanc, on a l'air de sages et on finit au patrimoine national. Mais nos enfants leur font peur. Et ils les noient.

Il y avait les bâches sur le sol, les housses, le bruit des fermetures qu'on tire, et vous, les enfants, à l'intérieur serrés les uns contre les autres, mangés par le fleuve. Ils parleront des courants, ils diront que cet endroit-là n'est pas surveillé, qu'il fallait rester du côté de Memorial Park, que nous sommes irresponsables d'être venus là. Mais je sais, moi, que ce n'est pas un accident.

Il scintille, le fleuve, surtout le soir quand les phares sont braqués sur lui, il prend des airs de majesté, mais il est poisseux, il n'est qu'eaux usées par les hommes, leurs bateaux, leurs usines, leurs maisons, leurs caniveaux, leurs chiottes. Leurs pensées les plus sales sont dans le fleuve, il a tout absorbé. Si c'est un monstre, il s'est laissé domestiquer. S'il avale nos enfants, c'est qu'on le lui a appris.

On dit que la mort souvent avertit, par un détail, un petit rien qu'on ne voit pas. C'était Shine, j'aurais dû raconter l'histoire.

Ou bien ce qu'a dit Howard, le jour où Dana m'a annoncé qu'ils déménageaient, Je ne les reverrai pas. Il ne sait pas encore ce qui s'est passé. Mes enfants sont comme les siens, mes petits-enfants aussi. Comment lui dire ?

Nous arriverons par le bus à l'heure où l'on peut voir Howard le dos courbé sur les plants de tomates. J'irai vers lui et je lui expliquerai. Il pensera comme moi, ce n'est pas un accident, et pour ne pas s'effondrer, il posera sa deuxième main sur sa canne qui lui sert parfois à biner la terre. Peut-être un long cri sortira-t-il du fond de sa gorge, là où s'empilent toutes les phrases qu'il ne dit plus. Il pleurera et tremblera au milieu des légumes, mais pas trop longtemps, il ira vers Dana, Marcus et Vickie, il enroulera ses bras autour de leurs corps raides posés sur les marches, les mots pour une fois ne lui manqueront pas, ils sont vides dans ces moments-là. Puis nous rentrerons en baissant les yeux pour ne pas voir Jonah, Deborah et Wes sur les murs. Il y a beaucoup de photos d'eux dans le salon. Nos yeux fuiront leurs sourires, chercheront où se poser, nous aurons même du mal à nous regarder. Mais la maison est assez grande pour ne pas se gêner. Nous installerons Dana dans sa chambre d'enfant, Vickie avec elle, Marcus dans celle d'à côté, et pour eux, je retournerai à cet âge où les mères croient qu'elles peuvent tout résoudre.

Le soir viendra, tout noir dehors, car il n'y a plus suffisamment de gens pour que l'éclairage public soit assuré, a répondu la compagnie d'électricité. Il m'a fallu du temps pour m'habituer à l'obscurité et au silence, et ne plus en avoir peur. Il y avait par ici beaucoup de bruits et de lumières jusque tard dans la nuit, nous habitions la cinquième ville américaine, ou la sixième je ne sais plus, nous habitons maintenant la campagne. Les rapaces font une drôle de ronde dans le ciel, les lapins et les ratons laveurs abîment le potager, un renard a été aperçu flairant les grillages, et certains plus loin que nous encore, disent avoir vu des cerfs. Nous n'avons pas bougé. C'est la ville qui a reculé. Et j'ai souvent l'impression que notre maison gravite autour d'elle comme un satellite autour de la Terre. De nos fenêtres, on peut voir au loin les deux casinos qui scintillent le soir tout près des églises en file indienne sur Woodward Avenue. Clochers et machines à sous semblent demander la même chose, si le Sauveur existe et s'il a du cash. Nous n'allons plus par là. Woodward, première rue pavée d'Amérique, qui s'en souvient ?

Je voudrais que ma maison soit votre satellite. Vous ne pouvez pas maintenant retourner vers les autres, ils vont trop vite, ils auront l'air d'ignorer ce qui vous arrive. Là-bas, autour de chez nous, les gens qui sont restés ont des conversations toutes simples et des regards directs. Là-bas tout le monde a souffert. Tout le monde a été frappé d'impuissance. Tout le monde attend d'aller mieux. Vous vivrez là, le temps qu'il faut, inconsolables mais vivants encore, enveloppés par la nuit noire, l'odeur de l'herbe folle, le souvenir, dehors comme en vous, de belles années impossibles à oublier. À l'aube, souvent, vous n'aurez pas fermé l'œil malgré les comprimés prescrits par le médecin. Je vous laisserai rester tout le jour au lit si vous en avez besoin, je déposerai une assiette à côté de vous, un gant de toilette et une bassine d'eau que je changerai pour qu'elle reste chaude, si vous n'avez pas la force d'aller à la salle de bains. Howard m'aidera. Il y a assez de légumes dans notre potager et de poulets dans le poulailler pour nous nourrir tous. Et je retrouverai dans mon livre de recettes les pages que j'ai cornées, celles que vous aimiez. Je ferai tout. J'ai de la chance. J'ai devant moi moins de nuits à les entendre crier et à les regarder mourir, je n'ai pas à me demander comment continuer, comment recouvrer mes forces, je n'ai pas à m'habituer à respirer l'air sans Deborah, Wes et Jonah, je vais bientôt les rejoindre. Le temps qu'il me reste est pour vous.

Et un jour, vous vous lèverez. Vickie sera la première, elle a la chance des petits qui ne réalisent pas tout. Dana apparaîtra dans l'embrasure de sa chambre au papier encore fleuri puis elle descendra au salon. Et nous apprendrons à lever les yeux vers Jonah, Deborah et Wes qui rigolent sur le mur, à côté des parents qui posent devant la maison de Saint Louis et du Président en une du *Michigan Chronicle* le jour où il a été élu. Toi aussi, Marcus, tu te redresseras. Howard t'aidera, c'est un vieil homme mais à ne pas trop parler, il s'est usé moins vite que d'autres. Vous emploierez le même langage, celui des survivants, il te dira que tu n'y es pour rien, qu'ils sont allés vers toi comme lui est parti à ma recherche autrefois. Il t'expliquera comment rester en vie. Comme lui peut-être, la venue de l'été te donnera des allergies, la vue de l'eau te fera tourner la tête et les cris joyeux de l'adolescence te feront fermer les fenêtres. Comme lui, tu regarderas souvent en arrière, tu te repasseras la scène pour lui trouver une autre fin, je sais qu'il fait ça encore, Howard, plus de soixante ans après. Mais je sais aussi qu'il voudra te donner la force qu'il n'a pas eue. Il n'a pas eu le courage d'aimer ou de se faire aimer ensuite, ni celui de continuer à étudier comme l'y poussaient nos parents, s'il est resté auprès de moi, c'est par faiblesse, je le sais bien. Nous t'inscrirons au lycée, nous te trouverons une voiture d'occasion pour aller en ville et tu apprendras à nager. Je te forcerai à prendre des leçons, je ne te lâcherai pas, je te montrerai Jonah, Deborah, Wes sur le mur jusqu'à te faire hurler de douleur, jusqu'à ce que tes bras et tes jambes comprennent les mouvements dans l'eau. Tu seras le premier d'entre nous à savoir. Tu seras notre rancœur et notre espoir. Parfois le vendredi, nous prendrons le train d'Amtrak pour Chicago, par les vitres nous regarderons défiler le spectacle apaisant des routes, des maisons et des arbres, ce paysage menteur qui semble faire de la place à tout le monde. Là-bas, votre tante, vos cousins, vos amis vous attendront. Et un jour, quand vous irez mieux, vous y resterez. Vous serez de retour. En attendant, je veux que ma maison soit le satellite qui vous redéposera sur Terre.

Rentrons. Partons d'ici. Je voudrais moi aussi pouvoir m'allonger contre quelqu'un. Ne pas rester seule sur ce canapé, dans cette maison qui n'est pas la mienne, face à la moustiquaire qui tremble au moindre courant d'air et me fait croire qu'ils arrivent. Je vois leurs visages derrière le grillage, ils sont essoufflés, ils ont couru, ils ont quelque chose à demander, Raconte Shine, Mamy Lee. Vos cris, les enfants. *Sauve-moi, sauve-moi, Shine !* Vos lèvres cherchant l'air. Au secours, Mamy Lee ! Je suis seule dans ce Sud maudit que je déteste. Je suis pieds nus, la vase a gardé mes tongs, l'empreinte de mes pas au fond de l'eau, je suis entrée, j'ai commencé le chemin vers l'autre rive mais le fleuve n'a pas voulu de moi, il m'a renvoyée sur le bord avec les arbres. Rentrons à la maison. Laissez-moi rejoindre Howard, m'allonger tout contre lui, nous le faisons souvent depuis qu'Henry est mort, je sens sa respiration dans mon dos, son souffle dans mon oreille, ses bras autour de moi, nous somnolons comme ça, comme à Saint Louis, sous la galerie, il faisait chaud, Maman n'avait pas encore dit que ça ne se faisait pas, je m'allongeais contre Howard et j'étais bien.

Dans ma famille on raconte que le 8 mai était un putain de jour. Les nouvelles disaient que le vieux Titanic *avait coulé. On disait qu'à bord y avait un gars appelé Shine, il était si noir, le plus noir qu'on ait jamais vu.*

Shine remonta du pont inférieur, il dit : « Capitaine, il y a de l'eau dans la salle des chaudières, et je crois bien que ce putain de bateau va bientôt être inondé. » Le capitaine dit : « Shine, retournes-y, on a des pompes de quarante chevaux pour évacuer l'eau. » Shine descendit et revint avec une tasse à thé pleine d'eau, il dit : « Regardez, capitaine, j'ai peur, je me sentirais mieux à tourner en rond sur cet iceberg qu'ici sur ce putain de paquebot qui va partir en morceaux. »

Shine plongea et commença à nager, quatre-vingt-dix-neuf millionnaires le regardaient. Le capitaine sur le second pont lui lança : « Shine ! Shine ! Si tu me sauves, pauvre de moi, je te ferai aussi riche qu'un homme noir peut l'être. » Shine répondit : « Il y a du poisson dans l'océan, il y a des baleines dans la mer, capitaine, passez votre cul par-dessus bord et nagez comme moi ! » Alors la fille du capitaine apparut à son tour sur le second pont, un soutien-gorge dans la main et une culotte autour du cou, elle dit : « Shine, Shine, si tu me sauves, pauvre de moi, je t'offrirai mon cul. » Shine dit : « Il y a un truc avec vous, les Blancs, que j'arrive pas à comprendre, vous ne m'auriez pas offert cette chatte si on était à terre. » Et Shine se remit à nager, il criait et hurlait, son cul remuait dans l'eau comme l'hélice d'un bateau à moteur. Il nagea, plongea, là il rencontra le diable et tous ses amis. Le requin dit à Shine : « Je mordrais bien dans ton cul, ça doit avoir bon goût », Shine lui répondit : « Mec, c'est de la putain de race. » Alors une hôtesse apparut sur le second pont, avec dans la main un carnet de chèques : « Shine ! Shine ! sauve-moi, pauvre de moi, et je te ferai aussi riche qu'un homme noir peut l'être. » Shine répondit : « Ton argent, c'est bien, aussi bien que de l'or mais ça me servira à rien sur l'autre rive. »

Quand la nouvelle arriva que le Titanic *avait finalement sombré, Shine était sur Main Street, sacrément bourré, racontant à tout le monde comment le* Titanic *avait coulé. Une putain lui dit : « Shine, mon chéri, pourquoi tu t'es pas noyé ? » Il répondit : « J'avais un bouchon dans le cul et je pouvais pas couler. »*

Le 2 août 2010, JaTavious Warner, dix-sept ans ; Takeitha Warner, treize ans ; JaMarcus Warner, quatorze ans ; Litrelle Stewart, dix-huit ans ; Latevin Stewart, quinze ans, et LaDairus Stewart, dix-sept ans, se sont noyés dans la Red River à Shreveport. Aucun ne savait nager.

Ils ne sont pas les personnages de ce livre.

Merci à la bibliothèque de Saint Louis, Missouri, d'avoir rendu accessible le rapport de George Schermer, *The Fairground Park Incident*, réalisé en 1949. À la bibliothèque municipale de La Nouvelle-Orléans de m'avoir ouvert ses archives. À Dan de m'avoir fait découvrir « *Titanic* » et tous les toasts de *Get Your Ass in the Water and Swim Like Me* regroupés par Bruce Jackson aux éditions Routledge. À Peter de m'avoir raconté son métier de sauveteur.

À Steve, sans qui ce livre ne serait pas.

Judith Perrignon
dans Le Livre de Poche

Les Chagrins n° 33073

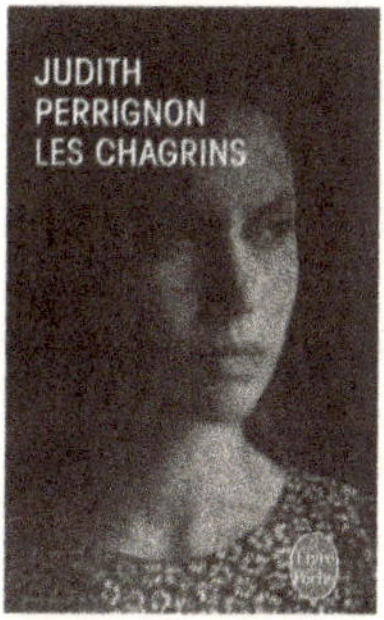

Il n'y a plus trace de rien là-bas. On a vissé des balançoires, planté des arbres et décrété l'insouciance. Mais sous le sable de ce square parisien se cachent les secrets d'une prison de femmes. La Petite Roquette. Tout le monde a préféré l'oublier. Sauf Angèle. Nul ne lui avait jamais dit qu'elle était née ici, quelque part sous les balançoires. Mais sa mère, Helena, vient de mourir. Elle laisse des lettres, un vieil article de presse, et le nom de l'homme qu'elle aimait. Alors le passé ne demande qu'à surgir. Il voudrait comprendre et emprunte toutes les voix ; celle d'Angèle, celle de Mila sa grand-mère, celle d'un vieux journaliste qui en sait beaucoup plus long que ce qu'il avait écrit, et même celle de l'homme qui s'est enfui. Tous racontent l'histoire d'Helena. Son chagrin. Leurs chagrins.

L'Intranquille (avec Gérard Garouste) n° 32346

Je suis le fils d'un salopard qui m'aimait. Mon père était un marchand de meubles qui récupéra les biens des Juifs déportés. Mot par mot, il m'a fallu démonter cette grande duperie que fut mon éducation. À vingt-huit ans, j'ai connu une première crise de délire, puis d'autres. Je fais des séjours réguliers en hôpital psychiatrique. Pas sûr que tout cela ait un rapport, mais l'enfance et la folie sont à mes trousses. Longtemps je n'ai été qu'une somme de questions. Aujourd'hui, j'ai soixante-trois ans, je ne suis pas un sage, je ne suis pas guéri, je suis peintre. Et je crois pouvoir transmettre ce que j'ai compris (G.G.). Un livre qui a la puissance d'un roman, traversé par l'antisémitisme, les secrets de famille, l'art, la folie et l'amour. Un autoportrait bouleversant.

Du même auteur :

MAUVAIS GÉNIE, avec Marianne Denicourt, roman, Stock, 2005

C'ÉTAIT MON FRÈRE… THÉO ET VINCENT VAN GOGH, récit, L'Iconoclaste, 2006 ; Folio n° 4929

LA NUIT DU FOUQUET'S, avec Ariane Chemin, essai, Fayard, 2007

L'INTRANQUILLE, avec Gérard Garouste, récit, L'Iconoclaste, 2009 ; Le Livre de Poche n° 32346

LES CHAGRINS, roman, Stock, 2010 ; Le Livre de Poche n° 33073

LES YEUX DE LIRA, avec Eva Joly, roman, Les Arènes, 2011 ; Points n° 2890

N'OUBLIEZ PAS QUE JE JOUE, avec Sonia Rykiel, récit, L'Iconoclaste, 2012

ET TU N'ES PAS REVENU, avec Marceline Loridan-Ivens, Grasset, 2015

VICTOR HUGO VIENT DE MOURIR, L'Iconoclaste, 2015

PAPIER À BASE DE FIBRES CERTIFIÉES

Le Livre de Poche s'engage pour l'environnement en réduisant l'empreinte carbone de ses livres. Celle de cet exemplaire est de :
300 g éq. CO_2
Rendez-vous sur www.livredepoche-durable.fr

Composition réalisée par Nord Compo

Achevé d'imprimer en France par
CPI BUSSIÈRE (18200 Saint-Amand-Montrond)
en octobre 2021
N° d'impression : 2059525
Dépôt légal 1re publication : août 2014
Édition 09 - octobre 2021
LIBRAIRIE GÉNÉRALE FRANÇAISE
21, rue du Montparnasse – 75298 Paris Cedex 06

31/7997/5